以『法事情人』视角破解

古典诗词

包君成◎主编
包苋子◎副主编

新华出版社

图书在版编目（CIP）数据

以“法事情人”视角破解古典诗词 / 包君成主编 .
— 北京：新华出版社，2020.6

ISBN 978-7-5166-5158-2

Ⅰ . ①以… Ⅱ . ①包… Ⅲ . ①古典诗歌 - 诗歌研究 -
中国 Ⅳ . ① I207.22

中国版本图书馆 CIP 数据核字（2020）第 089606 号

以“法事情人”视角破解古典诗词

主　　编：包君成

责任编辑：蒋小云　　**封面设计：**刘　伟

出版发行：新华出版社
地　　址：北京石景山区京原路 8 号　**邮编：**100040
网　　址：http://www.xinhuapub.com
经　　销：新华书店
购书热线：010-63077122　　**中国新闻书店购书热线：**010-63072012

照　　排：杨　杨
印　　刷：天津中印联印务有限公司
成品尺寸：210mm×145mm
印　　张：7　　**字　　数：**140 千字
版　　次：2020 年 6 月第一版　　**印　　次：**2022 年 5 月第三次印刷

书　　号：ISBN 978-7-5166-5158-2
定　　价：68.00 元

目录

贰·事

叁·情

肆·人

古诗词中的“法事情人”

在我的另一本书《重构阅读思维:“法”“事”“情”“人”阅读法深度解析》当中，我用“法事情人”的思维对多种阅读文本进行了解读，但涉及古诗词的部分没有更具体地展开。中国传统文化在当代的生命力越来越强，古诗词爱好者也越来越多，我们已经不满足于对古诗词简单而机械的“背诵”，而更希望能用更专业的思维去理解古诗词。此书正是基于这样的需求和目的而撰写的。

什么是“法事情人”呢？如何用“法事情人”对古诗词进行解读呢？以下做概括性叙述，读者们可以通过本书的各个章节继续深入了解。

“法”指的是古诗词常用的一些写作手法，如“比喻”“互文”“虚实结合”等，有难有易，各位读者可以挑选自己感兴趣的方面先阅读。“事”指的是古诗词的题材或内容，例如“送别”“山水”等，也是众多古诗词爱好者入门的必修课。“情”指的是作者表达的情感，这是诗歌的灵魂所在，是所有读者都要着重关注的要素。“人”即诗中人物或者诗人自身的形象，例如“游子形象”“怨妇形象”等。本书希望通过对这四个方面的解读，为各位读者提供新的学习切入点。

当然，这四个方面并不是完全脱离，比如在送别的“事”中，也肯定暗藏着复杂的“情”；在游子的“人”中，也可能融入送别之“事”。所以，各位读者在阅读时，最好前后联系，以便达到最佳的学习效果。

当然，中国诗词博大精深，不是简单的“法事情人”四字就可以完美破解，但至少这是一种给诗词初学者提供的创新解读思路。沿着这样的思路，相信各位会爱上中国诗词，爱上中国传统文化。

最后，用“法事情人”四字给诗词做解读应属首创，希望在今后能与各位诗词研究者共同探讨学习。书中的疏漏之处也请各位读者不吝指出，让我们一起为中国文化的传播尽一份绵薄之力。

壹·法

“法”代表的是手法，主要包含修辞手法、表现手法和表达方式。每个展开又包含很多小的知识点，下面一一道来。

一、修辞手法

1. 比喻

简单来说，比喻就是用一种事物或情景来比作另一种事物或情景，主要分为明喻、暗喻、借喻。有突出事物特征，使表达更加生动鲜明，化深奥抽象为浅显具体的作用。

如唐代诗人刘禹锡的《望洞庭》：

湖光秋月两相和，潭面无风镜未磨。
遥望洞庭山水翠，白银盘里一青螺。（山水翠 一作：山水色）

第二句描绘湖上无风，迷迷蒙蒙的湖面在作者眼里宛如未经磨拭的铜镜。“镜未磨”三字十分形象贴切地表现了千里洞庭风平浪静、安宁温柔的景象，在月光下别具一种朦胧美。

后两句写出了在皓月银辉之下，洞庭山愈显青翠，洞庭水愈显清澈，山水浑然一体，望去如同一只雕镂剔透的银盘里，放了一颗小巧玲珑的青螺，十分惹人喜爱。在诗人眼里，千里洞庭不过是妆楼奁镜、案上杯盘而已。

诗人巧妙地以“螺”作比，将皓月银辉下的山比作银盘里的青螺，色调淡雅，山水浑然一体。秋月之中的洞庭山水变成一件精美绝伦的工艺美术珍品，给人以莫大的艺术享受。

比喻除使诗歌所描绘的意象更加形象生动外，还可体现出意象的情态特征。

如唐代诗人王维的《使至塞上》:

单车欲问边，属国过居延。
征蓬出汉塞，归雁入胡天。
大漠孤烟直，长河落日圆。
萧关逢候骑，都护在燕然。

颔联中，诗人以“蓬”“雁”自比，说自己像随风而去的蓬草一样出临“汉塞”，像振翅北飞的“归雁”一样进入“胡天”。古诗中多用“飞蓬”比喻漂流在外的游子，这里却是比喻一个负有朝廷使命的大臣，正是暗写诗人内心的激愤和抑郁。因为这个时候的王维名为出使，其实是被排挤出朝廷，心中难免会产生一些孤独、寂寞、悲伤之情。作者出使恰在春天，途中见数行归雁北翔，诗人即景设喻，用归雁自比，既叙事，又写景，一笔两到，贴切自然。

其他运用了比喻的诗句，还有很多。例如：

轮台九月风夜吼，一川碎石大如斗，随风满地石乱走。（岑参《走马川行奉送封大夫出师西征》）

飘飘何所似？天地一沙鸥。（杜甫《旅夜书怀》）

浮云蔽白日，游子不顾反。（《古诗十九首·行行重行行》）

嘈嘈切切错杂弹，大珠小珠落玉盘。（白居易《琵琶行》）

思君如满月，夜夜减清辉。（张九龄《赋得自君之出矣》）

人生无根蒂，飘如陌上尘。（陶渊明《杂诗十二首·其一》）

雄兔脚扑朔，雌兔眼迷离；双兔傍地走，安能辨我是雄雌？（《木兰诗》）

黑云翻墨未遮山，白雨跳珠乱入船。（苏轼《六月二十七日望湖楼醉书》）

其实，比喻的运用不管在现代文中，还是古代诗歌中，都能够让读者有一种美的享受。虽说诗人当时这样写的目的不一定是为此，但最终所呈现出来的效果却是很惊艳的。

2. **比拟**

把物当作人来描写叫“拟人”，把人当作物来描写叫“拟物”。比拟有促使读者产生联想，使描写的人、物、事表现得更形象、更生动的作用。

如宋代诗人林逋的《山园小梅》：

众芳摇落独暄妍，占尽风情向小园。
疏影横斜水清浅，暗香浮动月黄昏。
霜禽欲下先偷眼，粉蝶如知合断魂。
幸有微吟可相狎，不须檀板共金樽。

林逋种梅养鹤成癖，终身不娶，世称“梅妻鹤子”，所以他眼中的梅含波带情，笔下的梅更是引人入胜。

颈联中，“霜禽”可以理解成冬鸟，也可以理解成白鹤、白鸟。不过依据林逋“梅妻鹤子”的情趣，还是作“白鹤”解释为好。“先偷眼”写尽了白鹤爱梅之甚，它还未来得及飞下，就迫不及待地先偷看梅花几眼——这三字写得何等传神！作者对现实事物的观察又是何等细致！而“合断魂”三字更是写粉蝶因爱梅而至销魂，把粉蝶对梅的喜爱之情夸张到极点。通过颈联的拟人化手法，更进一步衬托出作者对梅花的喜爱之情和幽居之乐。

再如唐代诗人贺知章的《咏柳》：

碧玉妆成一树高，万条垂下绿丝绦。

不知细叶谁裁出，二月春风似剪刀。

“碧玉”二字用典而不露痕迹，南朝乐府有《碧玉歌》，其中“碧玉破瓜时”已成名句；还有南朝萧绎《采莲赋》有“碧玉小家女”，也很有名，后来形成“小家碧玉”这个成语。“碧玉妆成一树高”自然地把眼前这棵柳树和那位古代质朴美丽的贫家少女联系起来，联想到她穿一身嫩绿，楚楚动人，充满青春活力。

第二句进一步联想，那垂垂下坠的柳叶，就是她身上婀娜多姿、下坠的绿色丝织裙带。第三句由“绿丝绦”继续联想，这些如丝绦似的细细柳叶儿是谁剪裁出来的呢？先用一问句来赞美巧夺天工可以传情的如眉柳叶，最后一答，是二月的春风姑娘用她那灵巧的纤纤玉手剪裁出这些嫩绿的叶儿，给大地披上新装，给人们以春的信息。这两句把比喻和设问结合起来，用拟人手法刻画春天的美好和大自然的工巧，新颖别致，把春风孕育万物形象地表现出来，烘托出了无限的美感。

可以说，这首诗一反前人写法，不以杨柳的细柔形象来形容美人身材苗条，而是用拟人的手法让杨柳化身为美人“碧玉”出现，栩栩如生地刻画出杨柳的婀娜多姿。

除了拟人之外，还有拟物，分为两种：一种是把人比作物，使人具有物的某种特性；另一种是把甲物比作乙物，使甲物具有乙物的某种特性。古诗词中一般只涉及第一种用法。

以《孔雀东南飞》为例，刘兰芝与焦仲卿告别的时候说：“君当作磐石，妾当作蒲苇，蒲苇纫如丝，磐石无转移。”此处即运用了把人比作物的拟物手法。

在《清平调》三首中，李白把杨贵妃比作带着露珠、凝结着香气的牡丹：“一枝红艳露凝香，云雨巫山枉断肠。”这是比人为物的拟物手法。

在白居易的《长恨歌》结尾，杨玉环回忆了她和唐玄宗昔日的誓约：“在天愿作比翼鸟，在地愿为连理枝。天长地久有时尽，此恨绵绵无绝期。”此处将相爱的二人比为比翼鸟和连理枝，同样是运用了比人为物的拟物手法。

在李商隐的《无题》中，把痴情的人比作春蚕和蜡烛：“春蚕到死丝方尽，蜡炬成灰泪始干。”这里也是运用了比人为物的拟物手法。

比拟手法的运用使得诗歌具有了思想的跳跃性，有助于读者或听众展开想象的翅膀，获得对事物的鲜明印象。

3．借代

借用相关的事物来代替所要表达的事物。借代可用部分代表全体，具体代替抽象，特征代替人。借代的运用使语言简练、含蓄。

例如李清照的那句：“知否？知否？应是绿肥红瘦。”诗人用“绿”和“红”两种颜色分别代替叶和花，写叶的茂盛和花的凋零。

按照“借”“代”事物的不同，可简单分为下列几方面：

以特征、标志代本体　如“朱门酒肉臭，路有冻死骨”（杜甫《自京赴奉先县咏怀五百字》）。

简析：贵族人家的红漆大门里散发出酒肉的香味，路边就有冻死的骸骨。“朱门”指代居住在骊山宫的显贵之家，反衬宫门之外的凄惨景况。

再如“雕栏玉砌应犹在，只是朱颜改”（李煜《虞美人·春花秋月何时了》）。

简析：表面是说精雕细刻的栏杆、玉石砌成的台阶应该还在，只是所怀念的人已衰老。实际所表达的是，自己原来是君主时的宫殿还在那里，但宫殿的主人已经不是自己了。这里的“雕栏玉砌”本指雕花栏杆和玉石台阶，而诗句中实际代指的是故国的宫殿。

以部分代整体　如“孤帆远影碧空尽，唯见长江天际流”（李白《黄鹤楼送孟浩然之广陵》）。

简析：诗人在黄鹤楼边送行，看着友人乘坐的船挂起风帆，渐去渐远，只剩下一点影子了，最终消失在水天相接之处，而诗人仍然久久伫立，目送流向天际的江水，似乎要把自己的一片情意托付江水，陪随行舟，将友人送到目的地。这里的“帆”原指挂在船桅上利用风力使船前进的布篷，而本诗中，诗人以“帆”来代指整个船。

再如“谈笑间，樯橹灰飞烟灭”（苏轼《念奴娇·赤壁怀古》）。

简析：谈笑之间，就把强敌的战船烧得灰飞烟灭。“樯”是船上的桅杆，“橹”是比桨要长要大的划船工具，安在船尾或船旁。这里用"樯橹"来代指战船。

以具体代抽象 如"举酒欲饮无管弦"（白居易《琵琶行》）。

简析：拿起酒想喝，却没有音乐助兴。"管"是一种类似于笛的乐器，"弦"是乐器上的肠线或金属丝。这里，诗人用"管""弦"来指代音乐。

再如"想当年，金戈铁马，气吞万里如虎"（辛弃疾《永遇乐·京口北固亭怀古》）。

简析：遥想当年，他指挥着强劲精良的兵马，气吞骄虏一如猛虎。"金戈"指金属制的戈，"铁马"指配有铁甲的战马。这里用"金戈铁马"来代指精锐部队。

以颜色代本体 如"泪眼问花花不语，乱红飞过秋千去"（欧阳修《蝶恋花·庭院深深深几许》）。

简析：我泪眼汪汪问花，花竟默默不语，只见散乱的落花飞过秋千去。"红"本指红颜色，这里代指花。

再如"远芳侵古道，晴翠接荒城"（白居易《赋得古原草送别》）。

简析：远处芬芳的野草遮没了古道，阳光照耀下，碧绿连接着荒城。"翠"本是绿色的意思，这里代指绿草。

除了以上几种常见的借代之外，还有其他一些也是在诗歌中能偶尔看到的，如下：

以专名代本体 如"汉皇重色思倾国，御宇多年求不得"（白居易《长恨歌》）一句中的"汉"代指唐；"男儿何不带吴钩，收取关山五十州”（李贺《南园十三首·其五》）一句中的“吴钩”是古代吴国所制弯形宝刀，后泛指刀剑。

以人名代本体　如“何以解忧，唯有杜康”（曹操《短歌行》）一句中的“杜康”是酒的发明者，这里代指酒；“但愿人长久，千里共婵娟”（苏轼《水调歌头》）一句中的“婵娟”就是嫦娥，这里代指月亮。

4. 夸张

夸张，是为达到某种效果的需要，对事物的形象、特征、作用、程度等方面着意扩大或缩小的修辞手法。运用夸张可以揭示本质、烘托气氛、增强联想，更突出、更鲜明地表达事物的作用。

唐代浪漫主义诗人李白可说是运用夸张手法的达人，在他的很多诗作中都能看到此种手法的运用。如“飞流直下三千尺，疑是银河落九天”（《望庐山瀑布》），高崖上飞腾直落的瀑布好像有几千尺，让人怀疑是银河从天上泻落到人间。句中的“三千尺”按照现在的长度换算应该也有近千米了，诗人在这里是形容山高，即夸张的说法，不是实指。这个吓人的数字加上后面的“飞”字，把瀑布喷涌而出的景象描绘得极为生动；“直下”既写出山之高峻陡峭，又可以见出水流之急，那高空直落、势不可挡之状如在眼前。又如“白发三千丈，缘愁似个长”（《秋浦歌》），白发长达三千丈，是因为愁才长得这样长。李白在这里又用了“三千”这个数词，单位换成“丈”，就更长了，放到现在得近万米了。可见，诗人在这里依然用了夸张的手法，写白发竟有三千丈那么长，是为了突出愁思的深重。

除了李白，还有很多诗人也很擅长运用夸张的手法。比如唐代的柳宗元在《江雪》中便有“千山鸟飞绝，万径人踪灭”一句。所有山上的飞鸟已经绝迹，所有道路都不见人的踪迹。这里的“千”与“万”并非确数，都不过是夸张的手法，为了凸显环境的广大寥廓，几乎到了浩瀚无边的程度。

5．对偶

对偶是指用结构相同、字数相同的一对句子或短语来表达两个相对或相近的意思。从形式看，语言简练、整齐对称；从内容看，意义集中含蓄。

古人作诗讲究格律与押韵，所以对偶这种修辞手法在古诗词中也就因为频见而显得没那么夺人眼球了，可又因这种形式的句子比较朗朗上口，因而我们基本都能随口吟诵几句。如“两个黄鹂鸣翠柳，一行白鹭上青天”（杜甫《绝句》），两只黄鹂在翠绿的柳树间鸣叫，一行白鹭直冲向蔚蓝的天空。“两个”对“一行”、“黄鹂”对“白鹭”、“鸣”对“上”、“翠柳”对“青天”，词句之间的对应严丝合缝，堪称完美，为我们描绘了一幅初春时节，万物复苏，鸟儿成双成对，具有喜庆气息的生机勃勃的画面。

再如“海日生残夜，江春入旧年”（王湾《次北固山下》）。这一句的妙处不止在于对偶手法，还在于用字的准确。“生”与“入”相对，不仅使得这一联对仗工整，更妙在这两字一出，才使得“海日”和“残夜”、“江春”与“旧年”这两不相干之事物有了联系，还因之而生动起来。太阳从幽暗的大海上一点点升起，如子之脱离母腹而渐现，这一个“生”字实在是形象极了。太阳初升，大地基本处于黑暗之中，但黑夜已被撕破，这个“残”字写出了不可抗之消失。夜是被动的，却又是无可奈何的，它生了太阳，却又因太阳而消退。而“入”字更生动，任你江南虽还是旧年的冬天，但是春天却已将江边的柳树涂上了一层春色。这一“入”字很不客气，几乎是带有强迫地楔入，写出了新生的锐气。这联诗，对仗工整，又隐含哲理。“生”“入”不仅为这一联增添了动感，还使看似两对毫无关系的词有了联系，如此精妙的句子也难怪会成为千古绝句了。

还有“无边落木萧萧下，不尽长江滚滚来”（杜甫《登高》）。落叶飘零，无边无际，纷纷扬扬，萧萧而下；奔流不尽的长江汹涌澎湃，滚滚奔腾而来。这一联同样是千古绝句，写的是秋天肃杀萧瑟、空旷辽阔的景色，一句仰视、一句俯视，有疏宕之气。“无边”放大了落叶的阵势，“萧萧下”又加快了飘落的速度。写景的同时，诗人深沉地抒发了自己的情怀，传达出韶光易逝、壮志难酬的感伤。它的境界非常壮阔，对人们的触动不限于岁暮的感伤，同时让人想到生命的消逝与有限、宇宙的无穷与永恒。透过沉郁悲凉的精工对句，显示着诗人出神入化的笔力，有“建瓴走坂”“百川东注”的磅礴气势。此句被前人誉为“古今独步”的“句中化境”，不是没有道理的。

再如以下句子，各位看官可以自行品味一下其中对偶手法的运用之妙：

抽刀断水水更流，举杯消愁愁更愁。（李白《宣州谢朓楼饯别校书叔云》）

疏影横斜水清浅，暗香浮动月黄昏。（林逋《山园小梅·其一》）

落花人独立，微雨燕双飞。（晏几道《临江仙·梦后楼台高锁》）

无可奈何花落去，似曾相识燕归来。（晏殊《浣溪沙·一曲新词酒一杯》）

露从今夜白，月是故乡明。（杜甫《月夜忆舍弟》）

梅须逊雪三分白，雪却输梅一段香。（卢梅坡《雪梅·其二》）

沧海月明珠有泪，蓝田日暖玉生烟。（李商隐《锦瑟》）

大漠沙如雪，燕山月似钩。（李贺《马诗二十三首·其五》）

星垂平野阔，月涌大江流。（杜甫《旅夜书怀》）

野旷天低树，江清月近人。（孟浩然《宿建德江》）

6. 双关

双关是在一定的语言环境中，利用词的多义或同音的条件，有意使语句具有双重意义的修辞，有谐音双关和语意双关两种。具体地说，就是利用词语同音或多义等条件，有意使一个语句在特定的语言环境中同时兼有两种意思，表面上说的是甲义，实际上说的是乙义。

如“东边日出西边雨，道是无晴却有晴”（刘禹锡《竹枝词二首·其一》）一句，“东边日出”是“有晴”，“西边雨”是“无晴”。“晴”和“情”谐音，“有晴”“无晴”是“有情”“无情”的隐语。“东边日出西边雨”表面是“有晴”“无晴”的说明，实际上却是“有情”“无情”的比喻。这句用谐音双关的手法，既写了江上阵雨天气，又把一个少女的迷惑、眷恋和希望一系列含羞不露的内在感情十分贴切自然地表现出来，成为后世人们所喜爱和引用的佳句。

再如“夜久无眠秋气清，烛花频剪欲三更。铺床凉满梧桐月，月在梧桐缺处明”（朱淑真《秋夜》）中的“凉”字意义双关，先是触觉状态的凉，即清秋时节天气本就清冷，这是客观自然的“凉”，但在这个孤寂的夜晚，那从窗外梧桐树缝筛下的婆娑月影，斑斑驳驳地铺满了冰凉、空寂的床席，今夜谁会给她送来温暖呢？这情景怎不令人凉从心生！同样，“满”字也是语意双关，表面是写光影之浓，其实是写忧思满怀，剪不断理还乱的郁闷之感。这一句明写屋内月色之凄美，暗表人心之失落，韵味悠远。

“言有尽而意无穷”从来都是古诗追求的最高境界，双关手法的运用可谓是一举两得、一箭双雕。高适的《塞上听吹笛》在这一点上做得极妙。全诗为“雪净胡天牧马还，月明羌笛戍楼间。借问梅花何处落，风吹一夜满关山”，表达了将士们的思乡情怀。但是在诗作中，诗人故意将《梅花落》这首思乡的曲子分开来写，达到一语双关之妙，一方面是《梅花落》的曲音落满整个关山，让戍边将士体味到了浓浓的乡思；另一方面，由“借问”引起人们遐想，把《梅花落》的笛曲幻化成故乡的梅花随微风散落，洒遍关山的具体形象，委婉巧妙地表现了守边战士的怀乡之情，一语双关中，妙趣无穷。

古典诗词里面使用双关的例子很多，我们再看几个有代表性的。

“芙蓉”和“夫容”、“藕”和“偶”、“莲”和“怜”谐音双关。这种双关在南朝民歌吴歌中频繁出现。例如“高山种芙蓉，复经黄檗坞。果得一莲时，流离婴辛苦”（《子夜歌》）；“思欢久，不爱独枝莲，只惜同心藕”（《读曲歌》）。芙蓉即莲花，藕是莲花的根茎，这两个例子利用“芙蓉”谐音“夫容”、“莲”谐音“怜”、“藕”谐音“偶”而构成双关，含蓄地表达出对恋人的思念之情。

“丝”和“思”的谐音双关也很常见。

李商隐在《无题》一诗有“春蚕到死丝方尽，蜡炬成灰泪始干”。“丝”与“思”双关，意即只要有一息尚存，便痴情不改，实指坚贞的爱情。“春蚕不应老，昼夜常怀丝。何惜微躯尽，缠绵自有时”（南朝民歌《作蚕丝》），也巧妙地运用双关隐语，表达了劳动妇女对爱情的渴求和执着。

“柳”和“留”的谐音双关更是随处可见。

古代离别的时候，往往从路边折杨柳相送，借以表达恋恋不舍的心情，“柳”者，“留”也。如李白的《春夜洛城闻笛》中有：“此夜曲中闻折柳，何人不起故园情！”笛子吹奏的是一支《折杨柳》，属于汉乐府古曲，抒写离别行旅之苦。李白听着远处的笛声，不由自主地陷入了乡愁。又如王维的《送元二使安西》中有："渭城朝雨浥轻尘，客舍青青柳色新。""柳"既是写景，又暗寓"留"之意，显示了作者对朋友的留恋之情。

7. 排比

排比是把三个或三个以上内容联系紧密、语气一致、结构相同或相似的词句连接起来的修辞手法。用排比来说理，可收到条理分明的效果；用排比来抒情，可使节奏和谐、感情洋溢；用排比来叙事写景，可使层次分明、描写细腻、语言生动等。

如《汉乐府·江南》："江南可采莲，莲叶何田田！鱼戏莲叶间。鱼戏莲叶东，鱼戏莲叶西，鱼戏莲叶南，鱼戏莲叶北。"江南又到了适宜采莲的季节，莲叶浮出水面，挨挨挤挤，重重叠叠，迎风招展。在茂密如盖的莲叶下面，欢快的鱼儿不停地嬉戏玩耍，一会儿在这儿，一会儿又忽然游到了那儿，说不清究竟是在东边，还是在西边，是在南边，还是在北边。诗歌的后四句用排比的句式，表现了鱼在莲叶间穿梭往来轻灵的样子，传达出采莲人欢快的心情。

郭茂倩在《木兰诗》中也多次运用排比的修辞。比如"爷娘闻女来，出郭相扶将；阿姊闻妹来，当户理红妆；小弟闻姊来，磨刀霍霍向猪羊"。父母听说女儿回来了，互相搀扶着到城外迎接她；姐姐听说妹妹回来了，对着门户梳妆打扮起来；弟弟听说姐姐回来了，忙着霍霍地磨刀杀猪宰羊。这里就运用了排比的修辞，既渲染了气氛，强调了所叙述的情节，又使语言流畅、富有韵味。

再如杜甫的《草堂》中云："旧犬喜我归，低徊入衣裾。邻舍喜我归，酤酒携胡芦。大官喜我来，遣骑问所须。城郭喜我来，宾客隘村墟。"往日养的家犬喜我久别乍归，热情地低回在我的身旁。邻居看到我久别乍归，拿着我的葫芦去沽酒。大官严武喜我久别乍归，就遣人骑马来问我需要什么东西。城郭间的邻人喜我久别乍归，来探视、问候我的人，简直挤满了整个村墟。通过这几句诗可以看出，诗人以排比的结构表达了自己重回草堂时的喜悦心情。

8. 设问

设问，是一种常见的修辞手法，常表示强调作用。为了强调某部分内容，明知故问，自问自答。正确地运用设问，能引人注意，启发思考；有助于层次分明，结构紧凑；可以更好地描写人物的思想活动；突出某些内容，使文章起波澜、有变化。例如陶渊明的《饮酒·其五》：

结庐在人境，而无车马喧。
问君何能尔？心远地自偏。
采菊东篱下，悠然见南山。
山气日夕佳，飞鸟相与还。
此中有真意，欲辨已忘言。

诗中的第三、四句就运用了设问的修辞手法。诗人将住所建造在人来人往的环境中，却听不到车马的喧嚣声。诗人紧接着就有了一问："问君何能尔？"你如何能够做到这样呢？然后自问自答“心远地自偏”。意思是说精神和现实拉开了距离，摆脱了世俗的功名利禄，不管住在什么地方都是偏僻和宁静的。宁静在心，心不动，外边的世界就不会动，表达了作者超脱自在的生活态度，一个归隐之士的高雅情志跃然纸上。本诗告诉读者，诗人的心灵超然净化，车马喧闹的环境也因之幽静僻远了，诗句蕴含着深刻的哲理。

再如宋代朱熹的《观书有感》：

半亩方塘一鉴开，天光云影共徘徊。

问渠那得清如许？为有源头活水来。

诗歌的第三、四两句就运用了设问的手法。“问渠”的“渠”不是“一渠水”的“渠”，它是一个代词，相当于“它”，“问渠”就是“问它”。此处，“它”指代的是“方塘”。诗人并没有说“方塘”有多深，第三句里突出了一个“清”字，“清”就已经包含了“深”。塘水如果没有一定深度的话，即使很“清”也反映不出“天光云影共徘徊”的情态。诗人抓住了塘水“深”且“清”，就能反映“天光云影”的特点。到此诗人并没有结束，进一步提出问题，“问”那个“方塘”“那得清如许”？孤立地看，这个“方塘”本身没有法子来回答这个问题。于是，诗人放开了眼界，从远处看，终于看到了“方塘”的“源头”，找到了答案。就因为“方塘”不是无源之水，而是有那永不枯竭的“源头”，源源不断地给它输送“活水”。这个“方塘”由于有“源头活水”的不断输入，所以永不枯竭、永不陈腐、永不污浊、永远“深”且“清”。“清”得不仅能够反映出“天光云影”，而且能够反映出“天光”和“云影”“共徘徊”这么一种细致的情态。自问自答之间，这首小诗所展现的形象和它所蕴涵的思想意义跃然纸上。

其他采用设问手法的诗句还有很多，我们可以细细品味：

对酒当歌，人生几何？譬如朝露，去日苦多。（曹操《短歌行》）

人生自古谁无死？留取丹心照汗青。（文天祥《过零丁洋》）

座中泣下谁最多？江州司马青衫湿。（白居易《琵琶行》）

不知细叶谁裁出？二月春风似剪刀。（贺知章《咏柳》）

9. 反问

反问是用疑问的形式表达确定的意思，用来加强语气，表达强烈感情。如王安石的《叠题乌江亭》：

百战疲劳壮士哀，中原一败势难回。
江东子弟今虽在，肯为君王卷土来？

诗歌开篇就以史实扣题，针对项羽的失败直接指出“势难回”。楚霸王的转折点在“鸿门宴”，没能杀成刘邦，到

“垓下之围”时已经面临着众叛亲离的境地。而细数项羽失败的原因，最大的因素恐怕就是他自身的刚愎自用了吧！“壮士哀”就隐含着这样的信息：天时、地利、人和中，人和是最重要的因素，而项羽已经失去，要挽回大业十分艰难，概率也是很低的。

所以，王安石在第三、四两句中用了语气强烈的反问句式，以辛辣的反问指出：即使项羽真的能重返江东，但对这么一个失尽人心而执迷不悟的人，江东子弟还肯为他拼死卖命吗？“卷土重来”不过是痴人说梦而已。

再如杜甫的《赠花卿》：

锦城丝管日纷纷，半入江风半入云。
此曲只应天上有，人间能得几回闻？

全诗四句，前两句对乐曲作具体形象的描绘，第三、四句是说这样的乐曲只能是天上才有的，人世间能听到几回呢？古人认为只有天上的仙乐才是最美妙的。作者把“此曲”看作是天上的仙乐，这就是极度写出它的不同凡俗；然后，又用人间的罕闻进一步写出它的珍贵。如此美妙的音乐只应神仙享用，世间的平民百姓一生能听几回？这里就是用了反问的手法，从虚处下笔，把“此曲”之美好推到绝伦的地步，完美地表现出了乐曲的精绝。

另外还有其他的诗句：

本是同根生，相煎何太急？（曹植《七步诗》）

醉卧沙场君莫笑，古来征战几人回？（王翰《凉州词》）

田横五百人安在，难道归来尽列侯？（龚自珍《咏史》）

日出江花红胜火，春来江水绿如蓝。能不忆江南？（白居易《忆江南》）

10. 互文

互文是古汉语一种特殊的修辞手法，在古诗词中的运用一般有两种表现形式：

一是为了避免词语单调重复，行文时交替使用同义词，这种互文的特点是在相同或基本相同的词组或句子里，处于相应位置的词可以互释。这样便可以从已知词义来推知另一未知词义。如“忠不必用兮，贤不必以”（屈原《涉江》），其中的“用”和“以”处于相应的位置，由此可推知“以”就是“用”的意思。又如成语“求全责备”中，“求”与“责”处于相应位置，由此可推知两词同义。这类互文是容易理解和掌握的。

二是出于字数的约束、格律的限制或表达艺术的需要，必须用简洁的文字、含蓄而凝练的语句来表达丰富的内容，于是把两个事物在上下文中只出现一个而省略另一个，即“两物各举一边而省文”，以收到言简意繁的效果。理解这种互文时，必须把上下文保留的词语结合起来，使之互相补充、彼此映衬才能现出其原意，故习惯上称之为“互文见义”。如“迢迢牵牛星，皎皎河汉女”（《古诗十九首》），其上句省去了“皎皎”，下句省去了“迢迢”，既“迢迢”不仅指牵牛星，亦指河汉女；“皎皎”不仅指河汉女，亦指牵牛星。两词互文见义。

又如“岐王宅里寻常见，崔九堂前几度闻”（杜甫《江南逢李龟年》，“见”与“闻”互文见义。“开我东阁门，坐我西阁床”（《木兰诗》），其上句省略了“坐我东阁床”，下句省略了“开我西阁门”，两句表达的意思是：打开东阁门在床上坐坐，又打开西阁门在床上坐坐，尽显回到家中的欢喜之情。

互文见义的诗句还有：

主人下马客在船，举酒欲饮无管弦。（白居易《琵琶行》）

烟笼寒水月笼沙。（杜牧《泊秦淮》）

将军角弓不得控，都护铁衣冷难着。（岑参《白雪歌送武判官归京》）

秦时明月汉时关。（王昌龄《出塞》）

东西植松柏，左右种梧桐。（《孔雀东南飞》）

二、表现手法

1. 联想

联想的特征是由一事物联系到与之有关的另一事物，或把事物中类似的特点联系起来，造成一个典型。

在浩瀚的中国古典诗词海洋中，有很多描写相思、忧愁、爱情等情愫的诗句，因其具有丰富而深刻的联想意义而成为千古传颂的佳句。

古人可以把感情同水、月、雨、雪等自然现象联系在一起。

“水”乃至柔之物，诗人由此会想到女子的柔情。秦观有诗曰：“柔情似水，佳期如梦，忍顾鹊桥归路。”而“江水”“河水”气势汹汹，奔流不息，又常使诗人联想到自己的愁苦之深之久。南唐后主李煜亡国被禁后，于悔恨忧伤中写下了千古名句：“问君能有几多愁？恰似一江春水向东流。”解冻之后的“一江春水”滔滔不息，恰似诗人的忧伤之情，既浓郁又无息无止。此类诗句还有“思君如流水，何有穷已时”“抽刀断水水更流，举杯消愁愁更愁”，那愁绪思情如流水一般，何时才有终结呢？

“雨”有绵密细腻之特点，且连绵不断，使诗人想到忧愁、相思，淡淡的，却挥之不去。南宋女词人李清照曾写下诗句：“梧桐更兼细雨，到黄昏、点点滴滴，这次第，怎一个愁字了得？”而“休问梁园旧宾客，茂陵秋雨病相如”“试问闲愁都几许？一川烟草，满城风絮，梅子黄时雨”“离恨做成春夜雨。添得春江，划地东流去”等句不都抒发了诗人的此种心情吗？

“月亮”在中国文化中有着独特而深刻的联想意义。中秋佳节，合家欢聚，使人想到团圆，进而引发诗人对人生圆满的追寻与感叹。苏轼曾在《江城子·乙卯正月二十日夜记梦》中写道："料得年年肠断处，明月夜，短松冈。"夫妻琴瑟相合，但不幸爱妻早亡，创痛无以弥补，而最令他"断肠"之时还是在那"明月夜"。月圆了，他与妻子却身处两界，人生不可能再有圆满。在另一首词中，苏轼亦写道："人有悲欢离合，月有阴晴圆缺，此事古难全。"道出了月与人生是多么的相似！在外游子见到月亮会油然而生思乡之情，杜甫说"露从今夜白，月是故乡明"，卢纶也在《晚次鄂州》中写道："三湘衰鬓逢秋色，万里归心对月明。"而那思夫的少妇呢？却是"思悠悠，恨悠悠，恨到归时方始休。月明人倚楼"。

还有把感情同花、草、树木等自然景物联想在一起的。"花"是美丽的，所以有"人意共怜花月满，花好月圆人又散"的诗句来描写美好的爱情，而"落花"却总让诗人想到美好易逝，进而生发感伤之情。李清照写道："满地黄花堆积，憔悴损，如今有谁堪摘？""草"是野火烧不尽的，所以诗人借此抒发极端感伤之情，即"百忧如草雨中生"，而李煜亦是"离恨恰如春草，更行更远还生"。芳草萋萋具有蓬勃的生命力，而不幸遭遇霜降，给诗人压抑之感。屈原在《远游》中便用"微霜降而下沦兮，悼芳草之先蘦"一句发出怀才不遇的感叹。

最易引发诗人感情联想的树木莫过于红豆树和柳树。相传古时有人客死在外，其妻哭于树下，化为红豆，古人以此物象征爱情或相思。王维在《相思》中写道："红豆生南国，春来发几枝。愿君多采撷，此物最相思。”“柳树”与感情的联想更为紧密，唐代盛行折柳送别的风习，人们见杨柳会产生依依惜别之情。张九龄在《折杨柳》一诗中云：“一枝何足贵，怜是故园春。”杨柳并不足贵，但它代表着故乡的春意，值得珍视。连妇人“三见柳绵飞”时，亦会想到“离人犹未归”，而“细看来，不是杨花，点点是离人泪”。

也可以把感情同游鱼、飞鸟联想在一起。

“大雁”即“飞鸿”，是一种候鸟，春天北来，深秋南去，最易引发游子的思乡之情。唐代李益在《春夜闻笛》中写道：“寒山吹笛唤春归，迁客相看泪满衣。洞庭一夜无穷雁，不待天明尽北飞。”笛声哀怨，衬托出春归而人不归的感慨。唐代杜牧在《秋浦途中》也写道：“为问寒沙新到雁，来时还下杜陵无。”诗人老家在杜陵，他借飞落寒沙之雁设问，旅途中能否在家乡停留呢？借以婉转透露出羁旅之愁及对故乡亲人的怀念。中国自古有“鸿雁传书”的典故，两地相思之情皆可借鸿雁来抒发：王维道“目尽南飞雁，何由寄一言”，李清照也道“征鸿过尽，万千心事难寄”，辛弃疾亦诗云“立尽西风雁不来”。

“杜鹃”又名“子规”，传说为古蜀王望帝所化，喜深夜啼叫，鸣声凄切。唐代无名氏的《杂诗》中有云：“早是有家归未得，杜鹃休向耳边啼。”唐代崔涂在《春夕旅怀》中亦有云：“胡蝶梦中家万里，子规枝上月三更。”皆是表达杜鹃悲啼引发的思乡之情。

“鹧鸪鸟”据说性喜南飞，其鸣声似“行不得也哥哥”，易引发诗人思乡之情。唐代郑谷在《席人贻歌者》中写道，“座中亦有江南客，莫向春风唱鹧鸪”，抒发的正是思乡之情。此外，《诗经》中有名句“关关雎鸠，在河之洲，窈窕淑女，君子好逑”。雎鸠，即鱼鹰，雌雄有固定的配偶，古人称之为“贞鸟”，令诗人想到忠贞的爱情。唐代卢照邻在《长安古意》中也写道：“得成比目何辞死，愿作鸳鸯不羡仙。”传说比目鱼与鸳鸯皆两两并游，生死相依，诗人由此想到爱情。白居易的《长恨歌》中亦有诗句“在天愿作比翼鸟，在地愿为连理枝”，比翼鸟亦是爱情的象征。

2. **想象**

人们在已有材料和观念的基础上，经过联想、推断、分析、综合，创造出新的观念的思维过程就是想象。

一般来说，如若一首古诗词中出现了“忆”“遥”“想”“记”“梦”这些词语，基本上就能很有把握地确定这首诗运用了想象手法。因为“忆”通常是回忆过去，“遥想”可以是想象未来，而“梦”更是虚幻的，作者在梦中与所思之人相遇，想象彼此在思念对方。

例如王维的《九月九日忆山东兄弟》中有“遥知兄弟登高处，遍插茱萸少一人”，从“遥知”两字显然可以读出这首诗运用了想象。诗人想象自己的兄弟在家乡登高，在山顶遍插茱萸时却少了一个“我”，表达的是作者对家乡亲人的思念。再如白居易的《邯郸冬至夜思家》中有“想得家中夜深坐，还应说着远行人”，直接用“想”字想象家人坐到深夜，却还在谈论着远行的人，诗人运用丰富的想象，可见思乡之深。王昌龄的《送魏二》中有“忆君遥在潇湘月，愁听清猿梦里长”，看到“忆”字，我们也可以直接读出想象手法，作者设想友人在潇湘之上，愁听江边此起彼伏的猿啼声，表达对友人的思念与关心。用“梦”来表达想象的，如李煜的《望江南》：“多少恨，昨夜梦魂中。还似旧时游上苑，车如流水马如龙。花月正春风。”通过想象梦境中繁华热闹的场面，反衬梦醒后的现实悲凉。

有时抓住诗人所刻画对象的转变，也可以很好地判断出作者是否运用了想象手法。比如本该写诗人的所观所感，后来转变成写对方的所观所感，就是诗人运用了想象的手法。例如张九龄的《望月怀远》中有“情人怨遥夜，竟夕起相思”，本是写诗人在思念遥隔天涯的远人，而这里，作者却想象对方在怨恨漫漫长夜，望月思念自己而整夜难眠，想象独特，能更有意境地表达作者的思念之情。元稹的《使东川·望驿台》中有“可怜三月三旬足，怅望江边望驿台。料得孟光今日语，不曾春尽不归来”，本写自己思念家中的妻子，却在三、四句一转，想象妻子以春尽为期等待与他重聚，而现实却无法实现。后来，白居易和了《望驿台》，其中的“靖安宅里当窗柳，望驿台前扑地花”和元稹《望驿台》有异曲同工之妙，都运用了想象，更好地抒发了思念之情。

通过分析时间和空间的转换，也是读出古诗词运用想象手法的重要依据。时间的转换可以是回忆已消逝之境，也可以是想象未来之境。空间的转换是指诗人所写的地点发生了变化，由诗人当时所处之地想象到其他地点。

例如高适的《除夜作》先写“旅馆寒灯独不眠，客心何事转凄然”，马上又转为“故乡今夜思千里，霜鬓明朝又一年”。“旅馆”“故乡”属于空间转换，作者运用了想象手法，想象故乡的亲人思念千里之外的自己。高适还有一首《燕歌行》，有云“少妇城南欲断肠，征人蓟北空回首”。此处的“城南”“蓟北”属于地点转换，运用了想象，写出了将士对亲人的思念之情。再比如李商隐的《夜雨寄北》中有“何当共剪西窗烛，却话巴山夜雨时”，想象他日重聚，在西窗之下剪烛夜谈今夜巴山夜雨的情景。

3. **用典**

刘勰在《文心雕龙》里诠释“用典”，为“据事以类义，援古以证今者”。用典就是运用典故来以古比今、以古证今、借古抒怀。所谓典故是指“典例故实”，具体地说，包括历史记载的神话传说、历史故事、民俗掌故、寓言逸闻以及流传下来的古书成句。

用典是古诗词中常用的一种表现方法，能够起到含蓄、洗练、委婉和浮想联翩等作用，在增强作品意蕴的同时，也给阅读造成了一定的影响。对于鉴赏者来说，如果不了解典故的含义，就不能很好地读懂这些诗歌，更谈不上鉴赏。所以必须对作品中的典故有个初步的理解，透过典故中的本意进而理解用典后所表达出的新含义。一般而言，古诗词中的用典有以下几种情形：

化用前人语句　如《孟子》中有“狗彘食人食而不知检，涂有饿莩而不知发”，为杜甫所点化，写成：“朱门酒肉臭，路有冻死骨。”

引用神话故事 如李贺的《李凭箜篌引》中有“江娥啼竹素女愁，李凭中国弹箜篌”“女娲炼石补天处，石破天惊逗秋雨”“吴质不眠倚佳树，露脚斜飞湿寒兔”，都是形容李凭弹得好。引用神话传说能增强诗词的艺术表现力，构成奇特的艺术境界。

运用历史故事 汉文帝（刘恒）爱贾谊之才，将他从长沙召回，在宣室接见。而李商隐写《贾生》，却用了“可怜夜半虚前席，不问苍生问鬼神”一句，讽刺汉文帝不能真正重用贾谊，这是对其接见贾谊的反用。通过反用，实则是诗人在慨叹自己的怀才不遇。

再如《出塞》：“秦时明月汉时关，万里长征人未还。但使龙城飞将在，不教胡马度阴山。”《史记·李将军列传》中载：“（李）广居右北平，匈奴闻之，号曰‘汉之飞将军’。”清人沈德潜认为这首诗“盖言师劳力竭，而功不成，由将非其人之故；得飞将军备边，边烽自熄”。因此，该诗第三、四句是借用飞将军李广的典故，对当时领兵远征的主将进行了批评。

以下为古诗词中的常用典故：

鸿雁 《汉书·苏武传》载：匈奴单于欺骗汉使，说苏武已死，而汉使故意说汉天子打猎时射下一只北方飞来的鸿雁，脚上拴着帛书，是苏武写的，单于只好放了苏武。后就用“鸿雁”“雁书”“雁足”“鱼雁”等指书信、音讯。如晏殊的《清平乐》中有：“红笺小字，说尽平生意。鸿雁在云鱼在水，惆怅此情难寄。”

尺素 古乐府《饮马长城窟行》有云：“客从远方来，遗我双鲤鱼，呼儿烹鲤鱼，中有尺素书。”“尺素”后就用作书信的代称。如秦观的《踏莎行·郴州旅舍》中有：“驿寄梅花，鱼传尺素，砌成此恨无重数。郴江幸自绕郴山，为谁流下潇湘去？”

青鸾 《山海经》载：西王母每次出行都先让一只青鸾报信。后人便用“青鸾”“青鸟”借指传递书信的人。如李商隐的《无题》中有：“蓬山此去无多路，青鸟殷勤为探看。”

双鲤 还是汉乐府《饮马长城窟行》中的：“客从远方来，遗我双鲤鱼。呼儿烹鲤鱼，中有尺素书。”“双鲤”也指代远方来信。《敦煌曲子词·鱼游春水》中有：“凤箫声绝沉孤雁，望断清波无双鲤。云山万重，寸心千里。”字面上好像是清波上无双鲤跳跃，其实是指千里之外，烟波浩渺，音信全无。李商隐的《寄令狐郎中》中有：“嵩云秦树久离居，双鲤迢迢一纸书。”清人宋琬的《喜周华岑见过》中亦有：“不见伊人久，曾贻双鲤鱼。”写的也是睹物（双鲤鱼）思人。

五柳 陶渊明《五柳先生传》载：“宅边有五柳树，因以为号焉。”后“五柳”就成了隐者的代称。如王维的《辋川闲居赠裴秀才迪》中有：“寒山转苍翠，秋水日潺湲。倚仗柴门外，临风听暮蝉。渡头余落日，墟里上孤烟。复值接舆醉，狂歌五柳前。”

东篱 陶渊明《饮酒·其五》中云：“采菊东篱下，悠然见南山。”后多用“东篱”表现辞官归隐后的田园生活或娴雅的情致。如李清照的《醉花阴》中有：“东篱把酒黄昏后，有暗香盈袖。”

三径 陶渊明《归去来兮辞》中有“三径就荒，松菊犹存”的句子，“三径”后就用来指代隐士居住的地方。如白居易的《欲与元八卜邻先有是赠》中有：“明月好同三径夜，绿杨宜作两家春。”

劳歌 本指在劳劳亭送客时唱的歌。劳劳亭旧址在南京，是古代著名的送别之地。“劳歌”后来成为送别歌的代称。如许浑的《谢亭送别》中有：“劳歌一曲解行舟，红叶青山水急流。日暮酒醒人已远，满天风雨下西楼。”

长亭 古代驿站路上约隔十里设一长亭，五里设一短亭，供游人休息和送别。后“长亭”成为送别地的代名词。如柳永的《雨霖铃》中有：“寒蝉凄切，对长亭晚，骤雨初歇。”

南浦 屈原的《九歌·河伯》中云：“送美人兮南浦。”“南浦”指南面的水滨，古人常在南浦送别亲友，后常用来指称送别地。如白居易的《南浦别》中有：“南浦凄凄别，西风袅袅秋。”

阳关 王维的《送元二使安西》中云：“渭城朝雨浥轻尘，客舍青青柳色新。劝君更尽一杯酒，西出阳关无故人。”后就把送别时唱的歌曲称作“渭城”“阳关”。

柳岸 古人送别时有折柳的习俗，后就用“柳岸”指送别的地方。如柳永的《雨霖铃》中有：“今宵酒醒何处？杨柳岸，晓风残月。”

风骚　原指《诗经》中的《国风》和《楚辞》中的《离骚》，后泛指优秀的文学作品或指文采。如毛泽东《沁园春·雪》中有："秦皇汉武，略输文采；唐宗宋祖，稍逊风骚。"

雕虫　语出汉代扬雄的《法言》："童子雕虫篆刻，壮夫不为。"后比喻微不足道的技术，多指文学技巧。如李贺的《南园十三首·其六》中有："寻章摘句老雕虫，晓月当帘挂玉弓。不见年年辽海上，文章何处哭秋风？"

[注]雕虫：诗中的意思是说吟诗作赋是没有什么用韵技艺的。辽海：指辽东地区，因濒临渤海，故称，唐时这里常发生战争。

鸿鹄　《史记·陈涉世家》载：秦末农民起义军领袖陈涉少有鸿鹄之志，后揭竿起义大泽乡。后就以"鸿鹄"比喻有远大志向。如吴潜的《八声甘州》中有："矫首看鸿鹄，远举高飞。"

杜鹃　俗称"布谷"，又叫"子规""杜宇""望帝"。传说望帝是蜀地的君主，名叫杜宇，后禅位退隐，不幸国亡身死，死后魂化为鸟，暮春苦啼，以致口中流血。后多用"杜鹃"来渲染哀怨悲凄的气氛或思归的心情。如辛弃疾的《定风波》中有："百紫千红过了春，杜鹃声苦不堪闻。"又如李白的《蜀道难》中有："又闻子规啼夜月，愁空山。"

鹧鸪　鹧鸪的鸣叫声似在说"行不得也哥哥"，后多用来衬托处境的艰难或心情的惆怅。如辛弃疾的《菩萨蛮·书江西造口壁》中有："江晚正愁余，山深闻鹧鸪。"

黍离 《诗经·黍离》中有“彼黍离离”的句子，是说东周大夫经过西周故都，看到长满禾黍，由此悲叹宫室宗庙的毁坏。后常用“黍离”表示对国家昔盛今衰的痛惜伤感之情。如许浑的《登洛阳故城》中有：“禾黍离离半野蒿，昔人城此岂知劳？”

桑榆 《淮南子》中有：“日西垂，景在树端，谓之桑榆。”“桑榆”指日落时余光所照之处，后比喻垂老之年。如王勃的《滕王阁序》中有：“东隅已逝，桑榆非晚。”

商女 杜牧的《泊秦淮》中云：“商女不知亡国恨，隔江犹唱后庭花。”商女即歌女，后以此为不顾国家存亡而醉生梦死的典故。如王安石的《桂枝香》中有：“至今商女，时时犹唱，后庭遗曲。”

杜康 《说文解字》中载：古代的杜康（也叫少康）发明制作了箕帚和高粱酒。后用“杜康”作为酒的代称。如曹操《短歌行》中有：“何以解忧？唯有杜康。”

瑟瑟 原用来称绿色宝石，后借指绿色。

红豆 又称“相思豆”，常用以象征爱情或相思，借指男女爱情的信物。《南州记》中称为“海红豆”，史载：“出南海人家园圃中。”《本草》称其为“相思子”。王维的《相思》有云：“红豆生南国，春来发几枝。愿君多采撷，此物最相思。”诗人借生于南国的红豆，抒发了对友人的眷念之情。清人朱彝尊的《怀汪进士煜》云：“安床红豆底，日日坐相思。”即睡在相思树下，日日思念汪进士。

鸡黍 《论语》载：子路随孔子出游时落了后，遇见一位正在劳动的老人，就向他打听。由于子路的态度非常恭敬，老人就留子路住宿，还杀鸡做黍米饭厚待他。后就用“鸡黍”专指招待客人的饭菜。如孟浩然的《过故人庄》中有：“故人具鸡黍，邀我至田家。”

染指 典出《左传·宣公四年》，比喻谋取不应得的利益。

掣肘 典出《吕氏春秋·具备》，比喻办事受牵制，不顺利。

方寸 典出《三国志·蜀志》，指人的心。

捉刀 典出《世说新语·容止》，比喻代人写文章。

下榻 典出《后汉书·徐稚传》，原指礼遇贤者，现一般指接待贵客，也借指住宿。

春秋 典出《诗经·鲁颂》，比喻年岁、岁月或借指古代史、历史。

梨园 原是皇帝禁苑中的果木园圃。唐玄宗开元年间，将其作为教习歌舞的地方，且在这里培养出了大批优秀的音乐舞蹈表演人才，在历史上产生了深远的影响。因此，后世的戏曲班社常以“梨园”代称，戏曲艺人称“梨园弟子”。

抱柱 典出《庄子·盗跖》：尾生同一女子相约在桥下见面。他等了很久，不见女子到来，这时河水猛涨，淹没桥梁，尾生为了坚守信约，不肯离去，抱住桥柱，淹死在水里。后以“抱柱”喻坚守信约。如李白的《长干行》中有：“常存抱柱信，岂上望夫台。”

请缨 典出《汉书·终军传》：西汉武帝时，南越王请求与汉和亲，武帝打算趁机说服南越王归附汉朝。谏议大夫终军主动请求说："请您给我一根长缨，我一定会把南越王绑来送到您的殿前。"后以"请缨"喻杀敌报国。

钓鳌 传说古渤海东面有五座大山随海波漂流，天帝叫十五只大鳌顶住，山才固定不动。友伯国有一巨人举起脚来跨出没几步，就到了五座山的地方。他一下钓上六只鳌，因此有两座山就沉入海底了。后以"钓鳌"喻豪迈的举止或远大的抱负。如李白的《赠薛校书》中有："未夸观涛作，空郁钓鳌心。"

还珠 古时合浦盛产珍珠，但是地方官员很贪，珍珠都自动移到别的地方去了。东汉的孟尝到这里来当太守，革除贪污流弊，珍珠又回到合浦来了。故以"还珠"喻官吏为政清廉。如杜牧的《春日言怀寄虢州李常侍十韵》中有："今日还珠守，何年执戟郎？"

青眼 相传名士阮籍能为青白眼，看到讨厌的人，眼睛向上或向旁边看，露出眼白，表示轻视或憎恨；对喜爱或尊敬的人，就正视对方，青黑的眼珠在中间，表示尊重。他见到嵇康的哥哥嵇喜就以白眼相待，见到嵇康就用青眼，后以"青眼"指对人的喜爱或器重。

红叶 据传唐人卢渥从宫墙外的水沟中拾到一片写有怨诗的红叶，后珍藏起来。宣宗放宫女嫁人，卢渥选中的宫女正巧就是在红叶上题诗之人。后来"红叶"借指以诗传情。如朱淑真的《恨春》中云："碧云信断惟芳梦，红叶盛时想到秋。"

神器　指帝位、政权。《老子》中云："将欲取天下而为之，吾见其不得已。天下神器，不可为也。"

月老　典出《续幽怪录·定婚店》：唐朝韦固月夜里经过宋城，遇见一个老人坐着翻检书本。韦固前往窥视，一个字也不认得，向老人询问后，才知老人是专管人间婚姻的神仙，翻检的书是婚姻簿子。后因此称媒人为月下老人，或月老。

陶朱　春秋时越国大夫范蠡的别号。相传他帮助勾践灭吴后，离开越国到陶地，善于经营生计，积累了很多财富，后世因此以"陶朱"或"陶朱公"来称富商。

祝融　传说中楚国君主的祖先，为高辛氏帝喾的火正（掌火之官），以光明四海而称为祝融，后世祀为火神。由此，火灾称为祝融之灾。

秋水　喻指眼睛，形容盼望的迫切。《西厢记》第三本第二折中有："望穿他盈盈秋水，蹙损他淡淡春山。"春山，指眉。

连理枝、比翼鸟　连理枝，指连生在一起的两棵树；比翼鸟，传说中的一种鸟，雌雄总在一起飞。古典诗歌里，用二者比喻恩爱夫妻。白居易的《长恨歌》中云："七月七日长生殿，夜半无人私语时。在天愿作比翼鸟，在地愿为连理枝。"难怪人们把结婚称为"喜结连理"。

孔方兄　因旧时的铜钱有方形的孔，所以人们把钱称为孔方兄，含诙谐兼鄙视之意。

青梅竹马　典出李白的《长干行》："郎骑竹马来，绕床弄青梅。同居长干里，两小无嫌猜。”后用“青梅竹马”形容男女小的时候天真无邪，也指幼小时就相识的伴侣。

问鼎 《左传·王孙满对楚子》中云：“楚子伐陆浑之戎，遂至于雒，观兵于周疆。定王使王孙满劳楚子，楚子问鼎之大小轻重焉。”禹铸九鼎，三代以九鼎为传国宝，楚子问鼎，有觊觎周室之意。后遂以“问鼎”比喻图谋帝王权位。

见背 背，离开，谓父母去世。李密的《陈情表》中有：“生孩六月，慈父见背。”

逐鹿 原指争夺统治权。《汉书·蒯通传》中载：“且秦失其鹿，天下共逐之。”后来颜师古注引六朝旧事、南朝旧梦，表示往日富贵繁华的生活。

击楫 谓立志报效国家，收复失地。

娥（蛾）眉 美女或高尚的德行。

青青子衿 有才能的人。

巴歌 亦称“巴唱”“巴讴”“巴人之曲”。借指鄙俗之作，多作谦辞。唐人李群玉的《自澧浦东游江表，途出巴丘，投员外从公虞》有云：“巴歌掩白雪，鲍肆埋兰芳。”元人谢应芳的《水调歌头·再和寄酬袁子英萧寺》亦云：“多谢寄来双鲤，白雪阳春数曲，为我和巴讴。”多和“阳春白雪”比照着来写，表达自己的微不足道。其典出战国宋玉的《对楚王问》。

碧血 借指为正义事业所流的血。后也用“碧血”“苌弘化碧”比喻蒙冤而死或忠心不泯。如《窦娥冤》中有：“不是我窦娥罚下这等无头愿，委实的冤情不浅……这就是咱苌弘化碧，望帝啼鹃。”

折桂 比喻科举及第。典出《晋书》：“武帝于东堂会送，问诜曰：‘卿自以为何如？’诜对曰：‘臣举贤良对策，为天下第一，犹桂林之一枝，昆山之片玉。’”

怀橘 指孝顺双亲。语出《二十四孝》之“怀橘遗亲”，写的是后汉六岁的陆绩的孝顺故事。陆绩随父在九江见袁术，袁术用橘子款待。陆绩将两个橘子放在怀中，拜谢告辞之时，橘子落地。袁术嘲笑客人为何将橘子带走，陆绩说准备带回给母亲吃，袁术对陆绩（的孝心）“大奇之”。

采薇 借指隐居生活。《史记·伯夷列传》载：“武王已平殷乱，天下宗周，而伯夷、叔齐耻之，义不食周粟，隐于首阳山，采薇而食之。”说的是伯夷、叔齐隐居山野义不侍周的故事。后人常用诗歌里“山林”和“宫阙”的形象来表现诗人的理想和现实之间的矛盾与冲突。

哀鸿 比喻哀伤苦痛、流离失所的人。考其源流，语出《诗经·小雅·鸿雁》：“鸿雁于飞，哀鸣嗷嗷。维此哲人，谓我劬劳。”诗歌写使臣行于四方，见流民如鸿雁飞集于野；流民喜使者到来，皆合词倾诉，如鸿雁哀鸣之声不绝。后以“鸿雁在野”“哀鸿遍野”喻指百姓流离失所。龚自珍的《己亥杂诗》中有“三更忽轸哀鸿思，九月无襦淮水湄”，写的就是人民痛苦流离的生活。

咏絮 指女子工于吟咏，有非凡的才华。典出东晋才女谢道韫的逸事，因其有咏雪的“未若柳絮因风起”一句，并由刘义庆的《世说新语》流传下来，人们遂称赞谢道韫是才女，后便把在诗文创作方面卓有才华的女子赞誉为“咏絮之才”。

南冠　指囚犯。典出《左传·成公九年》：一楚人钟仪囚于晋，仍然戴南冠，弹奏南国音乐，范文子称赞这是君子之行。后来，一般文人以此指代自己怀有节操的囚徒生活。

秦晋　春秋时，秦晋两国结为姻亲，后称两姓联姻为“秦晋之好”。《西厢记》第二本第一折中有：“倒陪家门，情愿与英雄结婚姻，成秦晋。”

彭祖　传说中的人物，生于夏代，至殷末时已八百余岁。旧时把彭祖作为长寿的象征，以“寿如彭祖”来祝人长寿。

谢家　唐宋诗词不达意处常用“谢家”之典，这些典故所指主要有二：一是用谢安、谢玄家事意指人有风度。《世说新语·言语》载，谢安曾问子侄：“为什么人们总希望自己的子弟好？”侄子谢玄回答：“譬如芝兰玉树，欲使其生于阶庭耳。”这是说谢安子弟讲究举止风度，其服饰端庄大方如芝兰玉树一般。故用其事指有风度之人。辛弃疾的《沁园春·灵山齐庵赋时筑偃湖未成》中有：“似谢家子弟，衣冠磊落，相如庭户，车骑雍容。”二是指山水诗人谢灵运之事。《宋书·谢灵运传》载：灵运于会稽山“修营别业，傍山带江，尽幽居之美”。后用此事指居家的幽美。

鸡肋　典出于《三国志·魏书·武帝纪》。鸡的肋骨“食之无味，弃之可惜”，比喻没有多大价值、没有多大意思的事情。

婵娟　指姿态美好，多用于形容女子，又因人们常喻月为美女，故称月亮为婵娟。

献芹《列子·杨朱》载：从前，有个人在乡里的豪绅面前大肆吹嘘芹菜如何好吃。豪绅尝了之后，竟“蜇于口，惨于腹”。后就用“献芹”谦称赠人的礼品菲薄或所提的建议浅陋。也有“芹献”一说。高适的《自淇涉黄河途中作十三首》云：“尚有献芹心，无因见明主。”

执牛耳 古代诸侯订立盟约，要每人尝一点牲血，主盟的人亲自割牛耳取血，故用“执牛耳”指盟主。后指在某一方面居领导地位。《左传·哀公十七年》中有：“诸侯盟，谁执牛耳？”后常指在某一方面居领导地位。黄宗羲的《姜山启彭山诗稿序》中有：“太仓（人名）之执牛耳，海内无不受其牢笼。”

作壁上观 壁：营垒、壁垒；观：观望。指在壁垒上观望，比喻观别人成败，不卷入其中。语出《史记·项羽本纪》。

虞美人 罂粟科一年生丛生草本花卉，亦称“丽春”“寒牡丹”。相传此花系西楚霸王项羽爱妾虞姬自刎坟下碧血所化，故有闻虞兮歌而起舞之说。辛弃疾有诗曰：“不肯过江东，玉帐匆匆。至今草木忆英雄。”亦有英雄惜英雄之意。清代有人以虞姬口吻占诗曰：“君王意气尽江东，贱妾何堪入汉宫。碧血化为江上草，花开更比杜鹃红。”该诗角度新颖，情切动人。

豆蔻 一种多年生草本植物。杜牧的《赠别》云：“娉娉袅袅十三余，豆蔻梢头二月初。”后称女子十三四岁的年纪为豆蔻年华。

精卫　典出《山海经·北山经》：炎帝的女儿在东海淹死，化为精卫鸟，每天衔西山的木石来填东海。后用“精卫填海”比喻有深仇大恨，立志必报；也比喻不畏艰难，努力奋斗。

击楫中流　也作“中流击楫”，楫，船桨，出自《晋书·祖逖传》：“逖将其部曲百余家渡江，中流击楫而誓曰：‘祖逖不能清中原而复济者，有如大江。’”东晋大将祖逖率部渡江，当船行到江中时，他敲着船桨发誓说，不收复中原，决不生还。后借指决心报效祖国，收复失地。文天祥的《贺赵侍郎月山启》中有：“慨然有神州陆沉之叹，发而为中流击楫之歌。”宋人赵善括的《满江红·辛卯生日》云：“颖脱难藏冲斗剑，誓清行击中流楫。”又称“中流誓”，如陈亮的《念奴娇·登多景楼》中有：“正好长驱，不须反顾，寻取中流誓。”

鸡口牛后　《战国策·韩策》载：“宁为鸡口，无为牛后。”比喻宁愿在局面小的地方当家做主，不愿在局面大的地方任人支配。

岁寒三友　指松、竹、梅。松、竹经冬不凋，梅则耐寒开花，故有“岁寒三友”之称。

花中四君子　梅、竹、兰、菊称为“花中四君子”。

泰斗　“泰山北斗”之简称，典出《新唐书·韩愈传》，比喻可为榜样的杰出人物。

人杰　典出《史记·高祖本纪》，指才智突出的人物。

仁人 典出《论语·卫灵公》，喻指有博爱思想、以天下为己任的人。

传人 典出《荀子·非相》，原指道德学问能传于后世的人，今指能得到祖先或师长精神或技艺的人。

玉成 典出北宋张载的《西铭》，比喻为人成全好事。

口碑 典出《五灯会元》，比喻众人的口头称颂。

璧还 典出《左传·僖公二十三年》，敬辞，指恭敬地退还别人的赠品，或指毫无损伤地归还借用别人的物品。

方家 典出《庄子·秋水篇》，原指深于道术的人，后特指精通某种学问、某项技术的专家。

等身 典出《宋史·贾黄中传》，敬辞，比喻著作多，堆起来等于该人的身高。

西席 典出《称谓录》，代指老师。古人席次尚右，右为宾师之位，居西而面东。家塾教师和官僚们的幕客都称为"西宾"，又称"西席"，主人称为"东家"。所以，古人尊称授业解惑之师为"西席"。

心许 典出《史记·吴太伯世家》，心中暗自答应的意思。

三味 典出《邯郸书目》，比喻深含的意思，多褒义。

洗耳 典出《琴操·河间杂歌·箕山操》，原指厌听世事，今比喻聆听、恭听。

斧正 典出《庄子·徐无鬼》，指请人修改自己的作品，又称"郢正""郢削""斧削"。

抱璞 典出《韩非子·和氏》，比喻坚持美德，也有作怀才不遇之意。

射影 典出南北朝鲍照的《代苦热行》，比喻说此喻彼，别有用心。

涂鸦 典出明代蒋一葵所撰《尧山堂外纪》，比喻书画或文章不像样子。

班马 春秋时，晋、鲁、郑伐齐，齐军趁夜间撤走。晋国大臣刑伯听到齐军营里马叫，推测道："有班马之声，齐国军队一定连夜撤走了。"班马为离群之马，后送别诗多用以抒发惜别之情。如李白的《送友人》中有："挥手自兹去，萧萧班马鸣。"

辞第 汉时，北方匈奴贵族经常骚扰边境。一次，汉武帝要为大将霍去病修建府第。霍去病辞谢道："匈奴未灭，无以家为也。"后用来喻为国忘家。杜甫的《奉和严中丞西城晚眺十韵》云："辞第输高义，观图忆古人。"

三尺 古代的剑约三尺长，故用为剑的代称。《汉书·高帝纪下》载："吾以布衣提三尺取天下。"因古代把法律刻在三尺长的竹简或木板上，故又作法律的代称，也叫"三尺法"。《汉书·杜周传》载："三尺安出哉？"

宫阙 也言"魏阙"，是朝廷的代称，也是诗人受到朝廷重用的象征。

山林 指诗人在政治理想破灭或是怀才不遇、报国无门时，心生怨愤而转向声闻不彰、归隐山林之形象的代称。

金鸡 古代流传天鸡星动就要大赦，所以古人便在大赦日竖起长竿，在竿上立一金鸡，把该赦的罪犯集中在一起，向他们宣布大赦令。后便以“金鸡”借指大赦令。李白的《流夜郎赠辛判官》中有：“我愁远谪夜郎去，何日金鸡放赦回？”

烂柯 传说晋人王质上山砍柴，见有几个小孩在下棋唱歌，就坐下来听他们唱。小孩给他一个像枣核的东西，他含在嘴里就不觉得饿了。过了一会儿，小孩催他回去，他站起来，发现斧头柄已全烂了。回到家时，他发现原来的人都不在世了。后便以“烂柯”喻离家年久。刘禹锡的《酬乐天扬州初逢席上见赠》中有：“怀旧空吟闻笛赋，到乡翻似烂柯人。”

螟蛉 《诗经·小雅·小宛》载：“螟蛉有子，蜾蠃负之。”蜾蠃（一种蜂）以捕螟蛉为食，并以产卵管刺入螟蛉体内，注射蜂毒，使其麻痹，后负之置于蜂巢内，做蜾蠃幼虫的食料。古人错以为蜾蠃养螟蛉为子，因将其作为养子的代称。

高山流水 也作“流水高山”。相传春秋俞伯牙善于弹琴，钟子期善于听琴。每当伯牙弹到描写高山、流水的曲调时，钟子期就感到琴声犹如巍峨的高山、浩荡的江河。钟子期死后，伯牙叹无知音，不再弹琴。后常借指知音难觅或乐曲高妙。唐寅的《世情歌》中有：“清风明月用不竭，高山流水情相投。”辛弃疾的《谒金门》亦云：“流水高山弦断绝，怒蛙声自咽。”

白衣苍狗 亦作“白云苍狗”，比喻世事变幻无常。出自杜甫诗《可叹》：“天上浮云如白衣，斯须变幻如苍狗。古往今来共一时，人生万事无不有。”人事变化，犹如浮云，一会儿像白云，一会儿像灰狗。宋朝刘克庄的《沁园春·和吴尚书叔永》中有：“笑是非浮论，白衣苍狗，文章定价，秋月华星。”人生是是非非如同天上白云，变化无常，难以预料，只有“定价”文章如“秋月华星”，光照人间。

吴钩 泛指宝刀、利剑。出自汉代赵晔的《吴越春秋·阖闾内传》：“吴作钩者甚众。而有人贪王之重赏也，杀其二子，以血衅金，遂成二钩，献于阖闾，诣宫门而求赏……乃赏百金，遂服而不离身。”不平凡的来历铸就了一柄宝剑，成了渴求建功立业者的利器。辛弃疾的《水龙吟·登建康赏心亭》中有：“落日楼头，断鸿声里，江南游子。把吴钩看了，栏杆拍遍，无人会，登临意。”通过看吴钩、拍栏杆，表达了自己意欲报效祖国、建功立业，而又无人领会的失意情怀。

莼羹鲈脍 指家乡风味。典出刘义庆《世说新语·识鉴》（或《晋书·张翰传》）：“（张翰）在洛，见秋风起，因思吴中菰菜羹、鲈鱼脍，曰：‘人生贵得适意尔，何能羁宦数千里以要名爵？’遂命驾便归。”菰菜羹，指菰菜、莼羹。后来，文人以“莼羹鲈脍”“莼鲈秋思”借指思乡之情。如辛弃疾的《沁园春·带湖新居将成》中有：“意倦须还，身闲贵早，岂为莼羹鲈脍哉？”徐自华的《贺新郎·慧僧先生解职归见》中有：“转瞬西风又起，忽摇动莼鲈乡思。”

庄周梦蝶 典出《庄子·齐物论》：“昔者庄周梦为胡（蝴）蝶，栩栩然胡（蝴）蝶也。自喻适志与，不知周也。

俄然觉，则蘧蘧然周也。不知周之梦为胡（蝴）蝶与？胡（蝴）蝶之梦为周与？周与胡（蝴）蝶，则必有分矣。此之谓物化。”庄子以此说明“物我为一,万物齐等”的思想。后文人用来借指迷惑的梦幻和变化无常的事物。如陆游的《冬夜》诗云：“一杯罂粟蛮奴供，庄周蝴蝶两俱空。”

昆山玉 比喻杰出的人才。语出李斯的《谏逐客书》：“今陛下致昆山之玉，有随、和之宝（指随侯珠与和氏璧），垂明月之珠，服太阿之剑（吴国名剑），乘纤离（骏马名）之马，建翠凤之旗，树灵鼍（tuó，扬子鳄之类的动物，皮可制鼓）之鼓……今取人则不然：不问可否，不论曲直，非秦者去，为客者逐。”

4. 衬托

衬托指的是以乙托甲，使甲的特点或特质更加突出，有正衬和反衬两种。正衬层层推进，反衬以动衬静，以乐写哀。

（1）用衰败之景衬托愁苦之情

情随事迁，情随景迁，诗词中常用衰败、萧飒之景来衬托人的愁苦、伤感之情。如杜甫的《登高》：

风急天高猿啸哀，渚清沙白鸟飞回。
无边落木萧萧下，不尽长江滚滚来。
万里悲秋常作客，百年多病独登台。
艰难苦恨繁霜鬓，潦倒新停浊酒杯。

这首诗作于安史之乱后的第四年，友人去世，四川内乱，社会一片黑暗。杜甫沿江东下，到达夔州。为排遣郁闷，他抱病登高，吟得此诗。首联写了急风在高天中发出怒号的声音，猿猴不停哀号；深秋了，在水清沙白的背景上，一只鸟或许是因食物少或许是跟鸟群失散，在急风中不停地盘旋。颔联写森林茫无边际，落叶在秋风中萧萧而下，长江滚滚而来，奔流不息。作者写出了夔州满目苍凉的恢阔秋景，衬托出自己的羁旅之愁、孤独之感。这种愁苦像落叶、流水一样排遣不尽，驱赶不绝，为下文对国运艰难的关注、对流落他乡的伤感做了铺垫。

（2）用美好之景反衬愁苦之情

诗词中为了突出人的痛苦、哀愁，有时也用令人愉悦的情景来做衬托，借助情景的不协调形成鲜明的反差，达到强化愁苦之情的意图，以欢悦之景写愁苦之情更加凸显人之愁苦。我们来看李煜的《望江南》：

多少恨，昨夜梦魂中。还似旧时游上苑，车如流水马如龙，花月正春风。

这是南唐后主亡国入宋后所作。字面上写了往昔的繁华：游上苑时的浩大声势、和煦的春风、皎洁的月光、鲜艳的花朵。作者不对当前处境做正面描写，而是通过过去繁华生活的梦境来反衬，梦境越是繁华热闹，越能反衬出梦醒后悲哀的浓重；对旧时繁华的眷念越深，就越能反衬出亡国后的凄凉。

（3）用衰败之景衬托人的昂扬欣喜之情

衰败之景通常引起人的愁苦之情，但时常也有面对这样的景致引起与愁苦相反的心情，通过景情的反差来达到强化昂扬欣喜之情之目的的诗词。如陈羽的《从军行》：

海畔风吹冻泥裂，梧桐叶落枝梢折。
横笛闻声不见人，红旗直上天山雪。

这是一首写风雪中行军的诗。前两句写从军的将士面对着极为恶劣的环境：莽莽的天山脚下寒风劲吹，湖边冻泥纷纷裂开，梧桐树上的叶子已经刮光，树梢被狂风折断；后两句写在这样恶劣的风雪中行军，将士不但没有退缩，而且举着成行的红旗，吹着横笛正在向山峰行进。环境越是恶劣，越能反衬出士兵们高昂的士气，无所畏惧、一往直前的精神。

（4）用美好之景衬托欣喜之情

美好之景通常给人愉悦的感受，诗词中常见用美好的景物来烘托美好的心情。如白居易的《钱塘湖春行》：

孤山寺北贾亭西，水面初平云脚低。
几处早莺争暖树，谁家新燕啄春泥。
乱花渐欲迷人眼，浅草才能没马蹄。
最爱湖东行不足，绿杨阴里白沙堤。

这首诗写了钱塘湖早春之景。春水满湖，水色天光，白云和湖面的波澜连成一片。几只早出的黄莺争相飞往向阳的树木，燕子啄泥衔草筑新巢。西湖边到处是绿毯似的嫩草，平坦修长的白沙堤两边垂杨拂堤。人们在大好春光中骑马游玩。当时，作者在杭州任刺史，做了一些足以自慰的政绩，政事之余常到西湖一带游赏，面对早春的西湖，其欣喜之情流露于字里行间。西湖勃勃生机之景从正面衬托出诗人的欣喜之情。

（5）用动作衬托人物的心理

如张籍的《秋思》：

洛阳城里见秋风，欲作家书意万重。
复恐匆匆说不尽，行人临发又开封。

这首诗寓情于事，借日常生活的一个片段——寄家书时的思想活动、行动细节表达了远在他乡的游子对家乡亲人的思念。书信写好放入信封封好似乎已经将要说的话说尽了，但当捎信人就要上路时，却生怕信里漏掉什么重要内容，又匆匆拆开信封。作者没有直叙浓重的乡思，而是通过“封”后又“开”这一动作传达出来。

5. **渲染**

渲染是指对环境、景物做多方面的描写形容，以突出形象，加强艺术效果。

渲染原属中国画技法的一种，为突出形象之用。以水墨或淡彩涂染画面，以烘染物像，增强艺术效果，亦可作“设色”解。渲，是在皴擦处略敷水墨或色彩（皴，国画画山石时，勾出轮廓后，再用淡干墨侧笔而画）；染，是用大面积的湿笔在形象的外围着色或着墨，烘托画面形象。渲染技法后用于文学领域，成为文学作品中一种常用的表现手法。作为文学表现手法的渲染，指通过对环境、景物或人物的外貌、行为、心理等做多方面的铺叙、形容和烘托，以突出描写的主要对象或主要方面，加强艺术表现效果。渲染的对象主要是环境、气氛、事件和人物。

描写人物时，如果该人物的外貌、某种行为、某个细节对刻画人物性格的关系非常密切，就要加以渲染。如《孔雀东南飞》中，在刘兰芝被遣离开焦家时精心打扮：“鸡鸣外欲曙，新妇起严妆。著我绣夹裙，事事四五通。足下蹑丝履，头上玳瑁光。腰若流纨素，耳著明月珰。指如削葱根，口如含朱丹。纤纤作细步，精妙世无双。”这段外貌描写着意刻画兰芝的精妙装束和仪容，突出运用了夸张、排比、细描等渲染手法，其作用是表现刘兰芝的自尊、镇定和外柔内刚。

在需要利用景物来渲染气氛、衬托某种心情或想起到引人入胜的作用时，也可采用渲染的手法。如《诗经·秦风·蒹葭》中首章的“蒹葭苍苍，白露为霜”、次章的“蒹葭凄凄，白露未晞”、末章的“蒹葭采采，白露未已”，写出了芦苇的颜色由苍青至凄清再到泛白，把深秋凄凉的气氛渲染得越来越浓，烘托出诗人当时所在的环境十分清冷、心境十分寂寞。杜甫的《登高》中有“风急天高猿啸哀，渚清沙白鸟飞回”，在首联写出了俯仰所见所闻，一连出现了六个特写镜头，渲染了秋江景物的特点。

可见，渲染作为一种常用的表现手法，对于描写环境、烘托气氛、刻画人物形象、推动情节发展、增强艺术表现力有着重要的作用。

6. 象征

象征是通过特定的、容易引起联想的具体形象，表现与之相似或相近特点的概念、思想和感情。其特点是利用象征物与被象征物之间的某种类似，使被象征物的某一内容得到含蓄而形象的表现。

在文学作品中，象征通常是以具体事物来暗示作者的思想、态度与感情的方式。有些是某些诗句本身含有一定象征意义，有些是全诗通过具体事物来说理，即说理诗或咏物诗。如以“梅”象征高洁、清秀、淡雅、素朴；以“菊”象征高洁、傲霜斗雪的坚强，被称为“隐逸之花”；以“兰芷”象征名贵、孤芳、清高；以“牡丹”象征富丽；等等。

象征手法常常跟拟人、比喻、对比、反衬等手法结合使用，从而增添审美情趣。如唐代诗人卢纶的《裴给事宅白牡丹》：

长安豪贵惜春残，争玩街西紫牡丹。
别有玉盘承露冷，无人起就月中看。

此诗中的白牡丹是何形象？是何象征？第一，作者将它比作“玉盘”，多么精美；第二，它承接着冷露，沐浴着月光，即用月光、露珠烘托它的晶莹、冷艳；第三，作者用紫牡丹受富豪争赏宠爱与白牡丹在月夜虽无人观看却依旧开放进行对比，更突出了白牡丹虽遭冷遇却能保持冰清玉洁之本色的特征。可见，本诗中的白牡丹象征着怀才不遇却能保持本色的士人形象。

再如钱起的《暮春归故山草堂》：

谷口春残黄鸟稀，辛夷花尽杏花飞。
始怜幽竹山窗下，不改清阴待我归。

此诗描写幽竹以清阴迎我归来，其象征意义耐人寻味！此诗用暮春时节鸟稀花飞之“改”，反衬幽竹“不改清阴”，是说幽竹具备坚贞不二、始终忠诚的品性。“待我归”用拟人修辞，是说幽竹一如既往地保持着亲情，胜似亲友。可见，此诗中的幽竹象征着亲情永在，象征着人生的真正知己，象征着坚贞的节操，表达了作者的清逸气节。钱起将我的“怜”与竹的“待”相融合，创造了物我相亲的诗境，从而丰富了竹的象征内涵。

其他还有“青山似欲留人住，百匝千遭绕郡城”（李德裕《登崖州城作》），描写了青山环绕、层峦叠嶂，诗人所处的郡城正在严密封锁，陷入重重阻隔之中，象征了自己被政敌迫害的境况，书写了思归不得的忧伤。再看“千锤万凿出深山，烈火焚烧若等闲。粉身碎骨全不怕，要留清白在人间”（于谦《石灰吟》），整首诗以石灰为喻，托物言志，表面看句句写石灰，实际是借石灰象征诗人为报效祖国甘愿经受苦难和不怕牺牲、勇于献身的高尚情操。再如“驿外断桥边，寂寞开无主。已是黄昏独自愁，更著风和雨。无意苦争春，一任群芳妒。零落成泥碾作尘，只有香如故”（陆游《卜算子·咏梅》），以梅自喻，表现了诗人不与争宠邀媚、阿谀奉承之徒为伍的品格和不畏谗毁、坚贞自守的铮铮傲骨。

7. 比兴

比兴是一个含义丰富而又歧义颇多的概念。

西汉毛亨所谓“兴”，包括两种情况：其一，是指“发端”作用。《毛诗训诂传》中说“兴，起也”，就是由物象引发情思的作用，物象与情思不一定有内容上的联系，有时仅是音韵上的联系。其二，指一种复杂而隐晦的比喻。朱熹在《诗集传》中说“比者，以彼物比此物也”“兴者，先言他物以引起所咏之辞也”，浅显而准确地解释了比兴的含义。“比”便是通过类比联想或反正联想，引进比喻客体，“写物以附意”；“兴”则是“触物以起情”，“他物”为诗歌所描写的景物，而这种景物必然蕴涵着诗人触物所起的情。“兴”是一种比“比”更为含蓄委婉的表现手法。

《诗经》是中国最古老的诗歌总集，其中大多数作品是用比兴的写法开头的。如《周南·关雎》一诗成功地运用了比兴手法。这是一首爱情诗，诗歌欲写所思之“女”，先以“雎鸠”起兴。“关关雎鸠，在河之洲”两句既是兴，又是比，雎鸠天性温顺，可比淑女之娴静；雎鸠乃“河洲”常见之鸟，可使人联想起常来河边采荇之女；“关关”乃雎鸠雌雄唱和之音，可起“君子”思“逑”之情。可见，诗歌之起兴本身就具有联想、托寓、象征等作用，这本身就给诗歌的理解带来很大的空间。

“比兴”本来包含“比”和“兴”两种修辞手法，但人们谈论古典诗歌和民歌时，常“比”“兴”连及，当以“兴”为主，兼有比喻作用，有时即指“起兴”一法。由于“起兴”具有引发、联想等作用，故常置于篇章的开头。《卫风·氓》两章的开头即用了兴的手法：“桑之未落，其叶沃若。”写眼前鲜嫩的桑叶，对斑鸠提出不要贪食的劝告，由此引出对女子“无与士耽”的劝告，并以桑叶的嫩绿润泽暗喻女子早年甜蜜幸福的恋爱时光。而第四章的前两句“桑之落矣，其黄而陨”也是比兴手法的运用。诗人通过这两句引发对主人公遭弃始末的追述，并以桑葚的枯萎凋零暗喻似水流年带走了曾经的青春、亮丽可人的容颜，以不再新鲜润泽的桑叶的结局暗喻婚后饱受贫困生活煎熬的女子面临被无情遗弃的命运。如此，既强烈地激发出读者的联想与情感共鸣，又增强了诗的意蕴与韵味，产生了形象鲜明、诗意盎然的艺术效果。

《诗经》之后的诗歌创作中采用比兴手法的作品也很多，如汉乐府《长歌行》从“园中葵”说起，再用水流到海不复回打比方，说明光阴如流水，一去不再回；最后劝导人们要珍惜青春年华，发愤努力，不要等到老了再后悔。这首诗借物言理，先以园中的葵菜做比喻，以“青青”喻其生长茂盛。其实在整个春天的阳光雨露下，万物都在争相努力地生长。何以如此？因为它们都恐怕秋天很快到来，深知秋风凋零百草的道理。大自然的生命节奏如此，人生又何尝不是这样？一个人若不趁着大好时光努力奋斗，而让青春白白地浪费，等到年老时后悔也来不及了。这首诗由眼前的青春美景想到人生易逝，鼓励青年人要珍惜时光，出言警策，催人奋起。《孔雀东南飞》中，开头用“孔雀东南飞，五里一徘徊”起兴，以具体的形象来激发读者想象，不由得人不从美禽恋偶联想到夫妻分离，这样就给全诗笼罩上一种悲剧气氛，起了统摄全诗、引起下文的作用。又如《迢迢牵牛星》，整首诗借牛郎与织女隔河相望而不能团聚的民间故事来比喻一个饱含离愁的少妇的相思之情，含蓄蕴藉而又哀婉动人。

随着文学体裁的不断变化发展，比兴手法的运用在词的意境塑造与艺术效果的表达中，也发挥了不可或缺的作用。可以说，没有比兴，词便会少了一分婉约、一分含蓄、一分韵致。

总的来说，比兴手法的运用拓展了诗词的意境，增强了诗词的生动性，平添了诗词的韵味，使得中国古典诗词散发出迷人的馨香。

8. 抑扬

抑扬是指把要贬抑否定的方面和要肯定的方面同时说出来，只突出强调其中一个方面，以达到抑此扬彼或抑彼扬此的目的。有欲扬先抑和欲抑先扬之分。

（1）欲扬先抑

此种表现手法的特点和作用可借用唐彪在《读书作文谱》中的一句话来概括："凡文欲发扬，先以数语束抑，令其气收敛，笔情屈曲，故谓之抑。抑后随以数语振发，乃谓之扬，使文章有气有势，光焰逼人。"如文天祥的《过零丁洋》：

辛苦遭逢起一经，干戈寥落四周星。
山河破碎风飘絮，身世浮沉雨打萍。
惶恐滩头说惶恐，零丁洋里叹零丁。
人生自古谁无死？留取丹心照汗青。

从前六句不难感受到作者国破家亡的剧痛与身世飘萍的自哀相交织的苍凉低回之心绪。末两句跌转，表达诗人对自身命运的一种毫不犹豫的选择：只要保全节操，将忠魂永存，宁可为国献身，名垂青史，决不屈辱求生。这两句的语势显得斩钉截铁，气势高亢，表现出高尚的民族气节和舍生取义的人生观。这使得前面的感慨、遗恨平添了一种悲壮激昂的力量和底气，表现出独特的崇高美。

再如唐代王维的《少年行》：

出身仕汉羽林郎，初随骠骑战渔阳。
孰知不向边庭苦，纵死犹闻侠骨香。

后两句用了"孰知""纵死"的反跌句式，一反一正，衬托强烈，抒发不畏艰苦、为国献身、流芳千古的豪迈志向。

（2）欲抑先扬

欲贬损却先赞颂，欲表今日之衰却先写昔日之盛，欲抒苦闷哀愁却先写激昂欢乐……这种手法使得诗文一放一收，跌宕起伏，异趣横生，可以收到曲折尽情之妙。如唐代王昌龄的《闺怨》：

闺中少妇不知愁，春日凝妆上翠楼。
忽见陌头杨柳色，悔教夫婿觅封侯。

这首诗本写“怨”，而一二句却欲擒故纵，欲抑先扬，突出了少妇天真无忧不知愁，后两句笔锋陡然一沉，感情“抑”了下来——“忽见陌头杨柳色”。刹那间，陌头柳色牵动了少妇的春心，勾起了她无限的眷恋和苦闷：“悔教夫婿觅封侯。”触景生恨，更深一层地写出少妇内心痛切的离愁别恨。前之景愈乐，后之情愈悲；前之兴愈浓，后之怨愈深。

再如唐代李商隐的《贾生》：

宣室求贤访逐臣，贾生才调更无伦。
可怜夜半虚前席，不问苍生问鬼神。

诗的前两句从正面着笔，丝毫不露贬义，仿佛热烈颂扬文帝求贤若渴、虚怀若谷，和对贾生的赞叹。可读了后面两句才恍然大悟，原来郑重求贤、虚心垂询、推重叹服，乃至“夜半虚席”，不是为了寻求治国安民之道，却是为了“问鬼神”的本原问题。这究竟是什么样的求贤？对贤者又意味着什么啊！讽刺辛辣，感慨深沉，非抑扬而不能达到此效果。

可见，运用抑扬手法可以避免诗情的直白呆板，变直抒其情为波澜起伏；欲抑先扬或欲扬先抑，有意从反面着笔，然后陡然一转，显示作者的真意所在，产生了一种激发情感的力量。

9. 照应

照应是指诗歌篇章间的伏笔照应，又叫“呼应”，是古典诗歌中常见的一种结构形式。一首诗，不论律诗，还是绝句，都应有头有尾，前后内容要有内在联系，前面交代过的话，后面得有照应；后边要照应的话，前边得先有个交代，形成一个有机的整体。这样，诗歌前后才能贯串、情节连贯、脉络清晰、结构紧凑，使读者易于掌握全诗的脉络。

照应，在古典诗歌中的运用可分为三类，即首尾照应、扣题照应、伏笔照应。下面，就每一种照应类型在具体诗歌中的运用做简单的分析。

（1）首尾照应

即开头与结尾照应，这样可以使诗歌在结构上有浑然一体之感，更加突出主题，起到良好的表达效果。在一些诗歌中，诗人往往采用今昔、他我、物我照应的方式，来抒发自己或他人的情感。如杜甫的《月夜忆舍弟》：

戍鼓断人行，边秋一雁声。
露从今夜白，月是故乡明。
有弟皆分散，无家问死生。
寄书长不达，况乃未休兵。

战乱频繁，诗人与兄弟离散，只能寄诗表达思念之情。凄凉萧瑟的边地秋色更衬托出诗人悲凉的心情，而深刻的人生体验更是诗人创作的动力。全诗层次井然、首尾照应、承转圆熟、结构严谨。“未休兵”则“断人行”，望月则“忆舍弟”，“无家”则“寄书不达”，人“分散”则“死生”不明，一句一转一气呵成。安史之乱中，杜甫颠沛流离，备尝艰辛，既怀家愁，又忧国难，真是感慨万端。稍一触动，千头万绪便一齐从笔底流出，所以把常见的怀乡思亲的题材写得如此凄楚哀感、沉郁顿挫。

（2）扣题照应

即围绕题目或主题反复照应，使全诗紧紧围绕一个中心点展开，主题明确，结构严谨。如唐代齐己的《早梅》：

万木冻欲折，孤根暖独回。
前村深雪里，昨夜一枝开。
风递幽香去，禽窥素艳来。
明年如应律，先发望春台。

这是一首咏物诗，语言清润平淡，毫无浓艳之气、雕琢之痕。诗人突出了早梅不畏严寒、傲然独立的个性，创造了一种高远的境界，隐匿着自己的影子，含蕴十分丰富。通观全篇，首联“孤根独暖”是“早”，颔联“一枝独开”是“早”；颈联禽鸟惊奇窥视，亦是因为梅开之“早”；末联祷祝明春先发，仍然是“早”。首尾一贯，处处照应标题，很有特色。

（3）伏笔照应

即先设伏笔，后予交代的照应，是指诗歌对将要出现的人物或事件做出某种暗示性的铺排，当人物或事件发展到一定的时候，再予以“响应”的写作技巧。此种手法在戏剧、曲艺创作中被称为“抖包袱”。

伏笔，是文章峰回路转达到情节高潮的精彩揭示。好的伏笔能起到暗示、点题、沟通文章内部联系、逆转人物关系等作用，使文理通顺、合情合理，往往能让读者产生会心一笑、心灵共鸣或意外感悟等阅读惊喜；同时能使文章出色生辉，具有独特的魅力，使诗歌结构前呼后应，起承转合浑然一体。如唐代韦应物的《赋得暮雨送李胄》：

楚江微雨里，建业暮钟时。
漠漠帆来重，冥冥鸟去迟。

这首诗首联两句写黄昏时分诗人伫立在细雨蒙蒙的江边，点明了诗题中的“暮雨”，又照应了诗题中的“送”字。

再如宋代陆游的《诉衷情》:

当年万里觅封侯，匹马戍梁州。关河梦断何处，尘暗旧貂裘。

胡未灭，鬓先秋，泪空流。此生谁料，心在天山，身老沧洲!

此诗共分两阕，上阕为下阕做伏笔，下阕照应上阕。“心在天山”与“当年”一句照应，反过来，“当年”一句为“心在天山”埋下伏笔，“身老沧洲”与“关河梦”一句照应；同时，“关河梦”为“身老沧洲”设下伏笔，这一结构的安排目的在于构成对照，抒发了词人心酸遗恨的苍凉心情。

照应作为古典诗歌常见的结构形式之一，为古典诗歌在有限的字数和短小的篇幅表情达意起到了很大的作用，分析鉴赏一首诗从结构上找到突破口，照应是有力的武器。

三、表达方式

1. 记叙

记叙就是记述事情的发展过程和人物经历，往往包含着时间、地点、人物、事件发展过程，及其结果等几方面。记叙要求清楚明白、通顺流畅、有主有次、详略得当、富于变化。

在中国古代诗歌中，记叙的节奏主要由诗歌的内容和形式所决定，所以表现出了记叙的简约性、精炼性和跳跃性等特点。杜甫的《茅屋为秋风所破歌》就是一首典型以记叙为主的歌行体古诗：

八月秋高风怒号，卷我屋上三重茅。茅飞渡江洒江郊，高者挂罥长林梢，下者飘转沉塘坳。

南村群童欺我老无力，忍能对面为盗贼。公然抱茅入竹去，唇焦口燥呼不得，归来倚杖自叹息。

俄顷风定云墨色，秋天漠漠向昏黑。布衾多年冷似铁，娇儿恶卧踏里裂。床头屋漏无干处，雨脚如麻未断绝。自经丧乱少睡眠，长夜沾湿何由彻！

安得广厦千万间，大庇天下寒士俱欢颜！风雨不动安如山。呜呼！何时眼前突兀见此屋，吾庐独破受冻死亦足！

此诗叙述了作者的茅屋被秋风所破，以致全家遭雨淋的痛苦经历。全篇可分为四段，第一段写面对狂风破屋的焦虑；第二段写面对群童抱茅的无奈；第三段写遭受夜雨的痛苦；第四段写期盼广厦，将苦难加以升华。前三段是写实式的叙事，诉述自家之苦，情绪含蓄压抑；后一段是理想的升华，直抒忧民之情，情绪激越轩昂。再如陆游的《书愤》：

早岁那知世事艰，中原北望气如山。

楼船夜雪瓜洲渡，铁马秋风大散关。

塞上长城空自许，镜中衰鬓已先斑。

出师一表真名世，千载谁堪伯仲间！

这里的“楼船夜雪瓜洲渡，铁马秋风大散关”两句就是诗人用叙述方式写自己亲临抗金前线值得纪念的往事。

以记叙为主要表达方式的诗作也有很多，如《孔雀东南飞》《花木兰》《观刈麦》《卖炭翁》《琵琶行》《长恨歌》等。

2. **描写**

现代学生写记叙类作文的时候，强调要有描写，在古典诗歌中，作者也都有意无意地运用了大量的描写，尤其记叙类的诗歌。我们从以下几方面做一个简单的探讨。

（1）正面描写与侧面描写

正侧描写 直接通过对人物的肖像、语言、动作、神态、心理等方面的描写，表现人物的性格、品行和技能。

侧面描写 侧面描写是指对描写的对象不做正面的描绘，而从其他人物、事物的描绘、渲染中，烘托描写对象，从而获得独特艺术效果的方法，又叫“间接描写”，抑或“衬托法”。

正面描写与侧面描写在古诗词中的运用还是很常见的。如白居易的《杨柳枝词》：

一树春风千万枝，嫩于金色软于丝。

永丰西角荒园里，尽日无人属阿谁？

首句写枝条之盛、舞姿之美。“春风千万枝”是说春风吹拂，千丝万缕的柳枝随风起舞。一树而千万枝，可见柳之繁茂。次句极写柳枝之秀色夺目、柔嫩多姿。春风和煦，柳枝绽出细叶嫩芽，望去一片嫩黄；细长的柳枝，随风飘荡，比丝缕还要柔软。“金色”“丝”比譬形象，写尽早春新柳又嫩又软之娇态。此句上承“春风”，写的仍是风中情景、风中之柳，才更能显出枝条之软。句中叠用两个“于”字，接连比况，更加突出了“软”和“嫩”，且使节奏轻快流动，与诗中欣喜赞美之情非常协调。这两句运用正面描写的手法，把垂柳之生机横溢、秀色照人、轻盈袅娜写得极生动，突出了春天柳树的娇美形态。

再如岑参《白雪歌送武判官归京》中的名句：

北风卷地白草折，胡天八月即飞雪。
忽如一夜春风来，千树万树梨花开。

前面四句中“即”“忽如”等词形象准确地表现了诗人早晨起来突然看到雪景时的神情。经过一夜，大地银装素裹，焕然一新。这里就是用正面描写的手法写了景色的奇丽。

以上都是正面描写在古诗词中的运用示例。同样，侧面描写在古诗词中的运用示例也很多。如王昌龄的《从军行·其五》：

大漠风尘日色昏，红旗半卷出辕门。
前军夜战洮河北，已报生擒吐谷浑。

塞北沙漠中大风狂起，尘土飞扬，天色为之昏暗，前线军情十分紧急，接到战报后迅速出击。先头部队已经于昨夜在洮河北岸和敌人展开了激战，刚才还在交战，现在就传来俘获敌军首领的消息。第二句侧面描写战况，一方面写出了风势很大，卷起红旗便于急行军；另一方面写出了战士们高度戒备、不事张扬，把战事的紧张状态凸显出来。

再如白居易的《夜雪》：

已讶衾枕冷，复见窗户明。
夜深知雪重，时闻折竹声。

此诗前两句“已讶衾枕冷，复见窗户明”，先从人的感觉写起，通过“冷”不仅点出有雪，而且暗示雪大，因为生活经验证明：初落雪时，空中的寒气全被水汽吸收以凝成雪花，气温不会马上下降，待到雪大，才会加重空气中的寒意。这里已感衾冷，可见落雪已多时。不仅“冷”是写雪，“讶”也是在写雪。人之所以起初浑然不觉，待寒冷袭来才忽然醒悟，皆因雪落地无声，这就于“寒”之外写出了雪的又一特点。此句扣题很紧，感到“衾枕冷”正说明夜来人已拥衾而卧，从而点出是“夜雪”。“复见窗户明”从视觉的角度进一步写夜雪。夜深却见窗明，正说明雪下得大、积得深，是积雪的强烈反光给暗夜带来了亮光。以上全用侧面描写，句句写人，却处处点出夜雪。

后两句“夜深知雪重，时闻折竹声”，用的仍是侧面描写，却变换角度从听觉写来。耳边传来的积雪压折竹枝的声音，可知雪势有增无减。诗人有意选取“折竹”这一细节，托出“重”字，别有情致。“折竹声”于“夜深”而“时闻”，显示了冬夜的寂静，更主要写出了诗人的彻夜无眠；这不只因“衾枕冷”，同时也透露出诗人谪居江州时的孤寂心情。

全诗从触觉、视觉、听觉三个方面来写雪大的主题。触觉写衾枕寒冷，视觉写大雪映白窗纸，听觉写雪压树枝折断之声，多角度、多侧面烘托了雪大这一主题。

诗歌中，正面描写和侧面描写在很多时候是结合在一起用的。如汉乐府《陌上桑》中对秦罗敷的描写：

头上倭堕髻，耳中明月珠。
缃绮为下裙，紫绮为上襦。
行者见罗敷，下担捋髭须。
少年见罗敷，脱帽著帩头。
耕者忘其犁，锄者忘其锄。
来归相怨怒，但坐观罗敷。

前四句是正面描写，直接写明了罗敷的穿着打扮，正面刻画了她那光彩照人的形象。后八句是侧面描写，通过长者、少年、耕者、锄者的不同动作、神态、表情，烘托出了罗敷的美丽，给人留下无限的想象空间。

（2）白描手法

白描本是中国画的一种技法，指不加渲染、烘托，不用华丽辞藻，而以最经济、最省俭的笔墨，勾勒出鲜明生动的形象。其特点是抓住被描写对象的主要特征，寥寥几笔，形神逼肖。现在也泛指文学创作上的一种表现手法，即纯用线条勾勒，使用简练的笔墨，不加渲染烘托的写作手法，可用于写人、叙事、写景等。

刻画人物，不绘背景，只突出主体 如白居易的《卖炭翁》：

卖炭翁，伐薪烧炭南山中。
满面尘灰烟火色，两鬓苍苍十指黑。
卖炭得钱何所营？身上衣裳口中食。
可怜身上衣正单，心忧炭贱愿天寒。
夜来城外一尺雪，晓驾炭车辗冰辙。
牛困人饥日已高，市南门外泥中歇。
……

在这首小型叙事诗中，作者以白描的手法成功塑造了卖炭老翁的感人形象。“满面尘灰烟火色，两鬓苍苍十指黑。”这十四个字的肖像描写，不仅准确表现了卖炭翁的职业和年龄特征，而且使人想到他的辛酸劳作和痛苦生活。长期被烟火熏烤使皮肤变色，终日扒摸木炭把十指沾黑，而“两鬓苍苍”又表现出卖炭翁的凄楚和衰老。这样拼死拼活地苦干，只不过为了“身上衣裳口中食”，挣点钱勉强度日。“可怜身上衣正单”“夜来城外一尺雪”。作者又以对照的写法来表现卖炭翁的困苦生活。“心忧炭贱愿天寒”是更深一层的心理刻画。一般人在衣单不能御寒时，总想天气暖和，可卖炭翁却在“衣正单”时“愿天寒”，一怕天气暖，炭卖不掉，衣食无所出；二想天气寒冷，把炭卖个好价钱。这两句诗深刻地表现了老翁对“卖炭得钱”的殷切期望，反映了其十分悲惨的生活境遇。

用白描手法刻画人物，三言两语就能揭示人物的外貌、神态，使读者如见其人。

叙写事件，不求细致，只求简明 如唐代聂夷中的《田家》：

> 父耕原上田，子劚山下荒；
> 六月禾未秀，官家已修仓。

这首诗表现了田家的悲苦命运，没有大肆铺张，用语简练。诗人冷静地叙述田家的生活与遭际：父亲在原田上耕种，儿子在山边开垦荒地，他们不惜流血流汗，想尽办法扩大耕种，增加收获，以维持生计，以图日子过得好一点。然而，在青黄不接的六月，田地里的庄稼还没有成熟，“官家”早已迫不及待地修缮粮仓，张开血盆大口，只等着禾苗成熟，便如数搜刮进自己的仓里。全诗没有半句议论与抒情，却深刻地揭示了农民深受苦难的根源。这里把白描手法用于叙事，使人感到线条明晰、言简意真。

描写景物，不尚华丽，务求朴实　如元代马致远的《天净沙·秋思》：

枯藤老树昏鸦，小桥流水人家，古道西风瘦马。

诗人连用多个名词，分别描绘了“枯藤”“老树”“昏鸦”“小桥”“流水”“人家”“古道”“西风”“瘦马”九个意象，构成一幅苍凉寂寥的秋景图，表现出浓烈的思乡之情。尽管作者不着一个“哀”字，但是悠悠哀愁在这样萧瑟苍凉的暮景中尽露无遗。作者在这里用白描手法写景，快速抓住景物的特征，令读者体会到了其所寄寓的感情。

当然，我们要清楚，白描有别于细描。细描是对事物的主要特征做细致入微的刻画。细描文字绚丽、色彩斑斓，有如镂金错彩，绚丽华美，常运用对比、比喻、拟人、夸张等修辞手法；白描则是强调简单质朴，不重辞藻修饰与渲染烘托。

（3）细节描写

细节描写是指对生活中细微而又具体的言行举止、神情意态、心理活动、生活环境等方面的典型情节进行描写。一花一世界、一草一天堂，细节之于诗，如秋波之于佳人，其审美意义全在于含情脉脉的暗示。如唐代杜牧的《过华清

宫·其一》:

长安回望绣成堆，山顶千门次第开。
一骑红尘妃子笑，无人知是荔枝来。

诗人仅选取杨贵妃看到跑马飞送荔枝的人发出会心一笑的细节入诗，一切便尽在不言中了。诗人的隐讽态度在于“妃子笑”与“无人知”，由此可见，千里迢迢飞送荔枝完全是为博得一人的欢心，至于不知内情的外人，看到快马飞驰的紧急情况或许以为是为了军国大事呢！“妃子笑”的细节起到了画龙点睛的作用。

再如唐代元稹的《行宫》:

寥落古行宫，宫花寂寞红。
白头宫女在，闲坐说玄宗。

诗人只是选取了白头宫女“闲坐说玄宗”的细节组成全篇。按说，这些宫女从红颜到白发在冷宫痛苦熬煎了一生，其罪，非玄宗而谁？她们应该怨玄宗、怒玄宗、恨玄宗，然而，诗人抛开许多激烈的事情不用，只是让这些宫女闲坐无聊，数说玄宗昔时的繁华，以消磨时光。如今，她们既不愤激，也没有感叹，只是麻木地说说而已，甚至谈起自己的过去就像谈论别人的故事一样，心如死水，无怨无恨。“闲坐说玄宗”看似轻笔带过，然而厚积薄发，蕴含了诗人多少不胜今昔之感慨！

依据细节在诗词中的作用大致可分成三类：

细节绘神 古诗中的细节描写，是深入领会诗意的一个重要环节。有的诗词通过人物动作、神态、心理的描写传达出别样的神韵，引起读者不尽的想象。如苏轼《江城子·乙卯正月二十日夜记梦》：

十年生死两茫茫，不思量，自难忘。千里孤坟，无处话凄凉。纵使相逢应不识，尘满面，鬓如霜。

夜来幽梦忽还乡，小轩窗，正梳妆。相顾无言，唯有泪千行。料得年年肠断处，明月夜，短松冈。

这首词是苏轼为怀念亡妻而作，词的下阕以“夜来幽梦忽还乡”一句过渡，写在梦境里与妻子相逢的情景。作者选取妻子生前闺房生活的细节来描写，凸显妻子临窗而坐对镜梳妆的场景，表现了昔日夫妻恩爱幸福的生活，也反衬出如今“无处话凄凉”的悲伤。蓦然相逢，“相顾无言，唯有泪千行”，酸甜苦辣霎时涌上心头，相互在这默默无言中倾诉十年的痛苦。

有些描写人物的细节往往通过一个动作、一个神态刻画出人物幽微的心理活动，让形象毕现于眼前，展现出人物的万种风情。如唐代李端的《听筝》：

鸣筝金粟柱，素手玉房前。
欲得周郎顾，时时误拂弦。

相传，三国时的周瑜精通音律，只要弹奏有误，就会回头看看，因此有“曲有误，周郎顾”的典故。诗中运用这一典故，以“时时误拂弦”的细节，传达出弹筝的少女为赢得心上人的顾盼，故意弹错曲子的情态，把一个天真活泼、大胆追求爱情的少女形象刻画得风情毕现。

细节见奇 运用细节描写能够使诗歌走出平庸，平中见奇，有点铁成金之妙。如唐代张籍的《秋思》：

洛阳城里见秋风，欲作家书意万重。
复恐匆匆说不尽，行人临发又开封。

本诗表现的是游子对故乡的思念，前三句平平常常，“意万重”也好，“说不尽”也好，只是一般的直抒胸臆，动人的亮点在最后一句“行人临发又开封”，它使境界凸显，形神毕露。作者写了这样一个细节：作者客居洛阳见秋风起，勾起对家乡亲人无限的深切思念，家书将要发出时，又觉得有话要说，故“又开封”补写。这是乡愁诗，通过叙述写信前后的心情，表达乡愁之深。

细处寄慨 有些怀古讽喻诗中，诗人常常借助细节来寄托对历史兴亡的感慨、对现实生活的讽刺和强烈不满。这样的细节在诗歌中可起到画龙点睛的作用。上文所说杜

牧的《过华清宫》即属于此类。再如唐代刘禹锡的《乌衣巷》:

朱雀桥边野草花，乌衣巷口夕阳斜。

旧时王谢堂前燕，飞入寻常百姓家。

通过“燕子”的细节，将乌衣巷曾经住过的盛极一时的高门大户、王谢之家与现今凋敝凄凉背景下居住的寻常百姓做对比，抒发了对古今盛衰的感慨。

古典诗词中的细节描写比比皆是，其作用如电影的特写镜头，将灵动而富于情趣的画面定格成永恒。

（4）动静手法

指的是在一首诗中既写动态，又写静态。从考查角度看，常见以下几种：

化动为静，以静写动 把运动的事物当作静止的事物来写，想象并描写出动态事物在静止时的形态和神态。如李白的《望庐山瀑布》，一句“遥看瀑布挂前川”写出了遥看瀑布的第一眼印象，将流动的水当作静止的布，瀑布像一条巨大的白练挂在山间，一个“挂”字化动为静，生动形象，活灵活现。

化静为动，以动写静 把静止的事物当作运动的事物来写，想象并描写出静态事物在运动时的形态和神态。如王安石的《书湖阴先生壁》中有“两山排闼送青来”，一个“送”字把静止的山给写活了。

动静结合，相映成趣 同时描写静态事物和动态事物，让静景、动景相辅相成，相得益彰，相映成趣。如杜甫《漫成一绝》中“沙头宿鹭联拳静，船尾跳鱼拨刺鸣”两句，就是视觉之静与听觉之动的巧妙结合。

以动衬静 通过描写、渲染动态，反衬静态，突出静态，是反衬手法的一种。如贾岛的《题李凝幽居》，全诗所绘景致十分幽静，其中的名句“僧敲月下门”，一个“敲”字动感十足，有动作、有声音，以动衬静，以响衬静，在月夜寂静之境中，一阵“敲”来，更显得环境寂静，更精确地描绘出了诗意。王籍《入若耶溪》中的“蝉噪林逾静，鸟鸣山更幽”，则是以响衬静的典范。

以静衬动 通过描写、渲染静态，反衬动态，突出动态，是反衬手法的一种。如唐代李颀的《琴歌》中有：“一声已动物皆静，四座无言星欲稀。”这是写听弹琴时对音乐美的感受，从听觉来写，以静衬动；而下句说繁星在听琴声时都悄悄隐去，足见听琴者早已陶醉在音乐的美妙中，将时间的推移之感忘得一干二净。

以动衬动 用运动的事物来衬托运动的事物（包括把静止的事物当作运动的事物）。如苏轼的《江上看山》：“船上看山如走马，倏忽过去数百群。前山槎（chá）牙忽变态，后岭杂沓如惊奔。仰看微径斜缭绕，上有行人高缥缈。舟中举手欲与言，孤帆南去如飞鸟。”按理说，人立舟中，舟是动的，山是静的，作者却反转过来，赋予山以运动，让群山在眼前飞驰，看众岭在身后惊奔，使全诗呈现出一种轻快而壮美的律动。

动静互衬　描写运动的事物，又描写静止的事物，二者相互衬托。如辛弃疾的《西江月·夜行黄沙道中》：

明月别枝惊鹊，清风半夜鸣蝉。稻花香里说丰年，听取蛙声一片。

七八个星天外，两三点雨山前。旧时茅店社林边，路转溪桥忽见。

上阕着重于“面”的渲染，一、二两句静中有动，偏重于静境的描绘，鹊惊、蝉鸣则愈益显出环境的幽静；三、四两句动静交混，着重于动境的点染，蛙声一片、稻香一片，又闹又静，烘托出一片浓郁的“丰年”喜庆气氛。下阕一、三两句写静，二、四两句写动。全词挑选了明月、惊鹊、清风、鸣蝉、稻花、蛙声、星斗、夜雨、茅店、溪桥等典型的农村景物，以动衬静，以静衬动，动静相映，构成了一幅夜色清幽、气氛恬静、富有野趣、丰收在望、欢快活泼、优美动人的江南乡村月夜图。

（5）虚实结合

虚实结合是中国古典诗歌中重要的艺术表现手法之一。所谓“实”，是指客观世界中存在的实景、实事、实境，是可以通过视觉、听觉等感觉捕捉到的部分。所谓“虚”，是指主观意识中存在的情感、设想、梦境，是通过诗人主观想象得到的部分。虚实结合是指现实的景、事与想象的景、事互相映衬，交织融合。古典诗歌历来追求“虚”与“实”的完美结合。

虚实结合的形式多种多样，就方法而言，有详写为实，简略为虚；具体为实，抽象为虚；写景为实，抒情为虚；正面为实，侧面为虚；当前为实，追忆为虚；当前为实，未来为虚；己方为实，对方为虚；客观为实，想象为虚，等等。

详写为实，简略为虚 详写可以细致入微、如在目前，略写则给人留下无尽的想象空间。比如贾岛的《寻隐者不遇》：“松下问童子，言师采药去。只在此山中，云深不知处。”诗中实写作者与童子的对话，而诗人“问”的内容却省略掉了，采用虚写。隐者是什么样子、采药去了哪里、多久回来，都没有介绍。但山峰高峻，云海茫茫，童子天真纯朴，隐者仙风道骨，诗人寻访隐者时平和的心情与闲雅的态度，则是我们可以通过想象进行补充的。诗歌通过虚写给我们留下了充分的想象空间。读诗时，通过补充（即想象）能得到美妙的审美愉悦和享受。

具体为实，抽象为虚 抽象的情况大致可分为哲理和志向二端：一是哲理为虚。诗歌中，抽象的哲理往往通过具体的事物形象表现出来。比如王之涣的《登鹳雀楼》：“白日依山尽，黄河入海流。欲穷千里目，更上一层楼。”作者登楼所见的具体形象为实，抽象的说理为虚。前两句写登楼所见万里之广阔景象，使人视界为之一开，精神为之一振，是实写。后两句突出变化，表现了积极向上、奋发进取的精神和想看得更远就必须站得更高的生活哲理，是虚写。实中存虚，虚实结合，读来意趣盎然。二是言志为虚。“诗言志”被认为是我古代诗歌理论的总纲领。但是志向是抽象的，也须通过具体物象来表现。比如王安石的《梅花》：“墙角数枝梅，凌寒独自开。遥知不是雪，为有暗香来。”诗人实写梅花凌寒独自开放、暗香悠远的景象，间接表达了对梅花高洁精神的赞美，寄托了自己的人生理想。

写景为实，抒情为虚　中国古典诗歌讲求“含蓄蕴藉”，情感通常不直接表达，诗人们往往用“化景物为情思”（语出宋代范文《对床夜语》）的写法，间接地表现出来。比如李白的《黄鹤楼送孟浩然之广陵》云：“故人西辞黄鹤楼，烟花三月下扬州。孤帆远影碧空尽，唯见长江天际流。”后两句字面上看字字写景，实际上饱含着对朋友的依依惜别之情。通过实有的景物来表现虚化的情感，是虚实结合的常见形式之一。又如李煜的《虞美人》中有：“问君能有几多愁，恰似一江春水向东流。”词中用具体的事物——绵绵不绝的江水，来比喻亡国之恨的深长。贺铸在《青玉案》中借用“一川烟草”“满城风絮”“梅子黄时雨”三个具体可感的形象，极言愁苦的多、长、大，写出了心中的无限伤感和难以排遣的苦闷。

景物是实，抒情是虚，化虚为实，变无形为有形，读来极具感染力。

正面为实，侧面为虚　诗人在描写景物时，正面描绘景物的特征即可，但有时景物的特征难以正面表达，或诗人着意追求一种委婉含蓄的美时，会采取侧面描写的方法，进行烘托或暗示。这种正面、侧面描写相结合的写法，其实也是虚实结合。

汉乐府诗《陌上桑》云：“行者见罗敷，下担捋髭须。少年见罗敷，脱帽著帩头。耕者忘其犁，锄者忘其锄。来归相怨怒，但坐观罗敷。”诗人通过行者、少年、耕者、锄者的失常反应来烘托罗敷的美貌。在这里，诸人的反应为实写，罗敷的美貌为虚写。《琵琶行》中，诗人三次写到江中的月亮，但描写月亮的目的却是为了烘托自己的感情。“别时茫茫江浸月”烘托了诗人分别之时凄凉的心境；“东船西舫悄无言，唯见江心秋月白”烘托出琵琶声美妙动人、引人入胜的效果；“绕船月明江水寒”烘托了琵琶女孤独悲伤的心境。

景是实，而通过景物烘托出来的情则是虚。

当前为实，追忆为虚　虚景和实景的关系有时是相反相成的，二者形成强烈的对比以突出中心。如姜夔的《扬州慢》：

淮左名都，竹西佳处，解鞍少驻初程。过春风十里，尽荠麦青青。自胡马窥江去后，废池乔木，犹厌言兵。渐黄昏，清角吹寒，都在空城。

“春风十里”是虚景，写昔日扬州城的繁荣景象；而“尽荠麦青青”是实景，写词人今日所见的凄凉情形。这一虚一实、对比鲜明的图景，寄寓着词人对昔盛今衰的感慨。

再如苏轼的《念奴娇·赤壁怀古》：

大江东去，浪淘尽，千古风流人物。故垒西边，人道是：三国周郎赤壁。乱石穿空，惊涛拍岸，卷起千堆雪。江山如画，一时多少豪杰。

遥想公瑾当年，小乔初嫁了，雄姿英发。羽扇纶巾，谈笑间，樯橹灰飞烟灭。故国神游，多情应笑我，早生华发。人生如梦，一樽还酹江月。

词人所写的赤壁之景与自身状况为实写，追忆周瑜当年赤壁之战的英姿是虚写，虚实对比中表达了年华已逝、壮志未酬的感慨。

怀古伤今诗多是通过追忆与当前的实景构成对比来表达诗人内心的情怀。如今昔生活的对比、古人与今人的处境对比、曾经的繁华与今景的萧条的对比，以虚衬实，虚实结合，突显出今时今世的浓重悲哀，表达对历史和人生的思考。

当前为实，未来为虚　比如李商隐的《夜雨寄北》：

君问归期未有期，巴山夜雨涨秋池。
何当共剪西窗烛，却话巴山夜雨时。

诗人实写“巴山夜雨涨秋池”的眼前之景，虚写将来与妻子西窗剪烛的恩爱场景。虚与实结合，以虚写实，表达了对远方爱人的深挚思念。

再比如柳永的《雨霖铃》，上阕除“念去去，千里烟波，暮霭沉沉楚天阔”外，写的都是眼前的实景、实事、实情，写词人和心爱的人不忍分别又不得不别的心情，是实写；下阕写对别后生活的设想，着意描绘词人孤独寂寞的心情，是虚写。虚实结合，淋漓尽致地写出了离别的依依不舍。

己方为实，对方为虚　此种写法在古代诗词中极为常见，收到了很好的艺术效果，至今读来，犹为其艺术魅力所陶醉。比如王维的《九月九日忆山东兄弟》：

独在异乡为异客，每逢佳节倍思亲。
遥知兄弟登高处，遍插茱萸少一人。

作者本是思念家乡、思念亲人，偏说对方如何思念自己。这种写法比单写自己如何思念对方来得委婉，却达到情感双向交代的效果。因而感情更加深沉，更加真挚动人，更加富有艺术感染力。

再比如杜甫的《月夜》：

今夜鄜州月，闺中只独看。
遥怜小儿女，未解忆长安。
香雾云鬟湿，清辉玉臂寒。
何时倚虚幌，双照泪痕干。

诗人望月思念亲人，却说妻子望月独自思念自己，小儿女不懂得思念自己。“香雾”一联，刻画妻子望月时间之长，愈见盼夫早归情深。结尾想象会面团聚的情景，相对无语，月照两人直到泪痕干。全诗都从对方的角度写来，皆为设想之词，全用虚笔，构思巧妙，如有神助，令人叹为观止。己方为实，对方为虚，虚实结合，情感真挚细腻，手法高妙自然。思乡怀人诗中多有此种写法。

客观为实，想象为虚　虚景和实景的关系有时是相辅相成，形成渲染烘托来突出中心的。实写显得具体、明朗、真切，虚写显得空灵、飘逸、含蓄。二者结合运用，虚实相生，作品就结实而空灵、具体而含蓄，富有艺术魅力。其中虚写方面大致又可分为以下三种情况：

一是梦境为虚。如苏轼的《江城子·乙卯正月二十日夜记梦》：“十年生死两茫茫。不思量，自难忘。千里孤坟，无处话凄凉。纵使相逢应不识，尘满面，鬓如霜。夜来幽梦忽还乡。小轩窗，正梳妆。相顾无言，唯有泪千行。料得年年断肠处，明月夜，短松冈。”这首词的主要表现手法是虚实结合。上下阕各分为两层。上阕先写入梦前的思念，属于实写；接着写设想相逢的情景，是虚写。下阕先写梦中相见的悲喜，是虚写；后写梦醒后的感慨，是实写。这样由实而虚，由虚而实，虚实结合，把对亡妻的思念写得凄切动人、感人至深。再如辛弃疾的《破阵子》，梦中胜利的虚幻之景与醒来时的白发现实形成鲜明的对比，让读者体味出诗人空有大志，却报国无门的悲哀。

二是仙境为虚。比如李白的《梦游天姥吟留别》，作者用瑰丽的诗句详细描写了天界的神秘与美丽，衬托出现实世界的凶险和丑恶，表达了诗人“安能摧眉折腰事权贵”的不屈志节，是虚实结合手法的典型表现。李清照的《渔家傲》的“天接云涛连晓雾”也是这样。

三是愿望为虚。比如汉乐府诗《上邪》:“上邪！我欲与君相知，长命无绝衰。山无陵，江水为竭，冬雷震震，夏雨雪，天地合，乃敢与君绝！”诗人设想了五种现实中不可能出现的景象，是虚写。女主人公把这些作为“与君绝”的条件，突出表现了誓死不与君绝的坚定信念。用虚写的手法有力地表现了女主人公对爱情的忠贞不渝。民歌体的爱情诗多是如此。比如敦煌曲子词《菩萨蛮》:“枕上发尽千般愿，要休且待青山烂。水面上秤锤浮，直待黄河彻底枯。白日参辰现，北斗回南面。休即未能休，且待三更见日头。”

综上所述，诗词的虚实结合，写法变化多端，但无论怎样变化，都要遵循人们认识事物的必然规律，即从感性认识到理性认识，从具体描写到抽象描写，从实景到虚景，由浅而入深。诗词中所构创的意象既可以化虚为实，以虚显实，把抽象感情与哲理赋予具体而生动的形象，也可以化实为虚，由实入虚，化景物为情思，从而达到或虚中见实、或实在虚中的妙境。虚与实二者之间还可以互相联系、互相渗透、互相转化，以达到虚中有实、实中有虚的境界。诚如金圣叹在《水浒》批语中所说:“文到入妙处，纯是虚中有实，实中有虚。”

3. 议论

议论就是通过事实材料和逻辑推理对人、事、物的好坏、是非、价值、特点等进行评价、论说，并由此体现某种思想、观点或态度的表达形式。古代诗词中多见于哲理诗和时事、人物评价的议论，因此，这里主要从人事评价和哲理思考两方面进行阐释。

（1）哲理思考类

古代诗词中哲理思考的议论可以分为因事缘理和因物缘理两类。

因事缘理是指诗人通过某一行事感发思考，由此说理的现象。最有名的例子当属王之涣的《登鹳雀楼》，末两句“欲穷千里目，更上一层楼”，即是在登楼望远时有感而发的。此外，王安石的《登飞来峰》云：“飞来山上千寻塔，闻说鸡鸣见日升。不畏浮云遮望眼，自缘身在最高层。”诗人初入宦海，意气昂扬，借登峰一事不仅表达了自己对未来的无限憧憬，更表现出了身高而望远的因果哲理思考。还有苏轼的《题西林壁》云：“横看成岭侧成峰，远近高低各不同。不识庐山真面目，只缘身在此山中。”苏子游庐山，生出不同角度看问题结果也不同的感慨。

因物缘理是指诗人借自然界中的客观现象阐发自己的哲理思考的表达方式，在哲理诗中占主体，名句名篇也很多。如白居易的《赋得古原草送别》：“离离原上草，一岁一枯荣。野火烧不尽，春风吹又生。”借原上野草阐发对生命的思考。又有刘禹锡的《乌衣巷》：“朱雀桥边野草花，乌衣巷口夕阳斜。旧时王谢堂前燕，飞入寻常百姓家。”以堂前飞燕引出世事无常的沉思。而苏轼《水调歌头》那句“人有悲欢离合，月有阴晴圆缺，此事古难全”，更是借月盈月缺的自然现象发出人事悲合难测的感慨。还有朱熹的《观书有感·其一》也是借景喻理的名诗：“半亩方塘一鉴开，天光云影共徘徊。问渠那得清如许？为有源头活水来。”全诗以方塘做比喻，形象地表达了读书有悟有得时的一种微妙难言的阅读感受，比喻恰如其分，说理更是透彻深刻。

（2）人事评价类

古诗词中关于人事评价类的议论大致可分为借古论今、因事论人、借物喻人三类。

借古论今　指借古时人事论今人今事，以阐发对现实的评价和态度。最有名的当属元代张养浩的《山坡羊·潼关怀古》：“伤心秦汉经行处，宫阙万间都做了土。兴，百姓苦；亡，百姓苦！”该曲借秦汉兴亡更迭的古事表现了作者对民间疾苦的关心和同情，发出了对百姓在治乱之间苦苦挣扎的悲叹。还有杜牧《江南春》：“千里莺啼绿映红，水村山郭酒旗风。南朝四百八十寺，多少楼台烟雨中。”则是面对春风春雨中南朝遗留下来的许多佛教建筑物，发出了对过度崇佛而劳民伤财乃至亡国的感叹。

因事论人　指根据现实中的人事发表对别人或自己的评论、态度的表达方式。这方面的名篇很多，如“天生我才必有用，千金散尽还复来”（李白《将进酒》）流露出的自怜自骄，“举世皆浊我独清，众人皆醉我独醒”（屈原《渔父》）

彰显的时世悲叹。至于评论他人的诗词，最有名的莫过于毛泽东赠彭德怀的六言诗：“山高路远坑深，大军纵横驰奔。谁敢横刀立马？唯我彭大将军。”此外，还有杜甫评李白的《春日忆李白》：“白也诗无敌，飘然思不群。清新庾开府，俊逸鲍参军。渭北春天树，江东日暮云。何时一樽酒，重与细论文。”以及韩愈评李杜的《调张籍》：“李杜文章在，光焰万丈长。”

借物喻人　指以现实中的景、物为依托，表达对人事的看法和态度。最有名的莫过于曹植的《七步诗》：“煮豆持作羹，漉菽以为汁。萁在釜下燃，豆在釜中泣。本自同根生，相煎何太急？”该诗借燃萁煮豆的生活场景，用豆与萁的相煎互残喻指现实中曹丕与兄弟相残的境况，既表现了诗人作为受害者的悲伤与痛苦，更表达了对手足相残的悲愤和斥责。此外，还有元代王冕的《墨梅》：“吾家洗砚池头树，朵朵花开淡墨痕。不要人夸好颜色，只留清气满乾坤。”借赞赏梅花来赞誉自己的立身之德；李商隐在玉阳山学道时所作的《无题·相见时难别亦难》：“相见时难别亦难，东风无力百花残。春蚕到死丝方尽，蜡炬成灰泪始干。晓镜但愁云鬓改，夜吟应觉月光寒。蓬山此去无多路，青鸟殷勤为探看。”以“东风无力”“百花残”“月光寒”“青鸟殷勤”等意象为依托，表达自己对灵都观女道士宋华阳的切切思念，更留下千古名句“春蚕到死丝方尽，蜡炬成灰泪始干”，表明男女至死不渝的爱情；曹操在《短歌行》中有“青青子衿，悠悠我心。但为君故，沉吟至今”一句，以“青青子衿”喻人才，表达自己对人才的渴求。

4. 抒情

抒情即表达情思，抒发情感，指以形式化的话语组织象征性地表现个人内心情感的文学活动，它与叙事相对，具有主观性、个性化和诗意化等特征。作为一种特殊的文学表现方式，抒情主要反映社会生活的精神方面，并通过在意识中对现实的审美改造，达到心灵的自由。这里我们主要从直接抒情与间接抒情两个角度来进行简单的探讨。

（1）直接抒情

直接抒情也叫“直抒胸臆”，是直接对有关人物和事件表明爱憎态度的抒情方式。作者在文中往往把内心强烈的感情不加掩饰地直接叙述出来，让强烈的感情激流直接倾泻而出。

《诗经》和后来的乐府民歌大都属于直抒胸臆。如思慕所爱的姑娘便直抒“窈窕淑女，君子好逑”（《周南·关雎》）；思念远征的爱人竟宣称“愿言思伯，甘心首疾”（《卫风·伯兮》）；“知我者，谓我心忧；不知我者，谓我何求。悠悠苍天，此何人哉”（《王风·黍离》）直露而率真地抒发了诗人内心沉重而深广的忧伤；“上邪！我欲与君相知，长命无绝衰。山无陵，江水为竭，冬雷震震，夏雨雪，天地合，乃敢与君绝”（《乐府诗集·鼓吹曲辞》）则写一位女子对“君”剖白心迹，直接表达了少女至真、至善、至烈的爱情，显得坦荡、率真且震撼人心。

古典诗词中直接抒写心中之情的篇章也不少。如李白

《梦游天姥吟留别》的中心句“安能摧眉折腰事权贵，使我不得开心颜”，在叙事描写的基础上，以火山喷发般的激情大声疾呼，抒发了自己不与统治者同流合污的思想感情。再如李清照的《声声慢》，词人看到疾风、骤雨、孤雁、残菊、梧桐……眼前的一切使她的哀怨重重叠叠，直至无以复加，不知怎样形容，也难以表达出来。于是，她也不再用什么对比、渲染、赋比兴了，直截了当地道：“这次第，怎一个愁字了得？”直抒胸臆，简单直白，反而更觉神妙，更有韵味，更堪咀嚼。

（2）间接抒情

中国古典诗歌的创作十分讲究含蓄、凝练。诗人在处理情感时一般不是直接抒情，而是言在此意在彼，叙事则因事缘情，写景则借景抒情，咏物则托物言志，记史则咏史抒怀。

借景抒情，情景交融　诗人即景写情，因景生情，此时的景物不再是自然之物，而是诗人情感的寄托。作者将自己的情感、意趣迁移到所见之景上，眼中的各种意象就被感染上了主观的情愫，情和景融合在了一起。如杜甫的《登高》：

风急天高猿啸哀，渚清沙白鸟飞回。
无边落木萧萧下，不尽长江滚滚来。
万里悲秋常作客，百年多病独登台。
艰难苦恨繁霜鬓，潦倒新停浊酒杯。

前四句写登高见闻：常年漂泊、老病孤愁的诗人仰望茫无边际、萧萧而下的木叶，俯视奔流不息、滚滚而来的江水，触景生情，抒写了对韶光易逝、壮志难酬的感怆。颈联中，诗人目睹苍凉恢廓的秋景，不由想到自己沦落他乡、年老多病的处境，生出无限悲愁之绪；诗人的羁旅愁与孤独感就像落叶和江水一样，推排不尽，驱赶不绝，情与景交融相洽。在这里，客观景物引发了创作主体一系列相关的感情，诸种感情交织融会为一种复杂却合情合理的心境，最终与景物融为“登山则情满于山，观海则意溢于海”的意境。

再如杜牧的《江南春》：

千里莺啼绿映红，水村山郭酒旗风。
南朝四百八十寺，多少楼台烟雨中。

诗歌以明快的笔调描绘出一幅美丽的江南水乡春景图。四句全是写景，亦全是写情。一、二两句描写了辽阔的千里江南，黄莺在欢乐地歌唱，丛丛绿树映着簇簇红花，傍水的村庄、依山的城郭、迎风招展的酒旗，一一在望，经诗人生花妙笔的点染，更加令人心旌摇荡了。三、四两句写到金碧辉煌、屋宇重重的佛寺本就给人深邃的感觉，现在诗人又特意让其掩映于迷蒙的烟雨之中，更增添了一种朦胧迷离的色彩。全诗洋溢着诗人对江南景物的赞美和神往之情。

还有范仲淹的《苏幕遮》：

碧云天，黄叶地，秋色连波，波上寒烟翠。山映斜阳天接水，芳草无情，更在斜阳外。

黯乡魂，追旅思，夜夜除非，好梦留人睡。明月楼高休独倚，酒入愁肠，化作相思泪。

此词抒写乡思旅愁，以铁石心肠人作黯然销魂语。“碧云天，黄叶地”二句，一高一低，一俯一仰，展现了际天极地的苍莽秋景。“秋色连波”二句，落笔于高天厚地之间浓郁的秋色和淼淼秋波：秋色与秋波相连于天边，而依偎着秋波的是苍翠而略带寒意的秋烟。这里，碧云、黄叶、绿波、翠烟构成一幅色彩斑斓的画面。“山映斜阳”句复将青山摄入画面，并使天、地、山、水融为一体，交相辉映。同时，“斜阳”又点出所状者乃是薄暮时分的秋景。“芳草无情”二句，由眼中实景转为意中虚景，而离情别绪则隐寓其中。埋怨“芳草”无情，正见出作者多情、重情。这首词的写景和抒情结合得十分自然。

“景”与“情”的关系又可细分为以下几种：

以“乐景”写“乐情”。如“孤山寺北贾亭西，水面初平云脚低。几处早莺争暖树，谁家新燕啄春泥。乱花渐欲迷人眼，浅草才能没马蹄。最爱湖东行不足，绿杨荫里白沙堤”（白居易《钱塘湖春行》），即使诗中没有“最爱”二字，那刚刚披上春天外衣、生意盎然的西湖，在作者的字里行间已充满了爱意。“莺争”“燕啄”“绿杨”“白沙”，从动态到色彩，无处不体现诗人对西湖的情有独钟。

以“哀景”写“哀情”。如“月落乌啼霜满天，江枫渔火对愁眠。姑苏城外寒山寺，夜半钟声到客船”（张继《枫桥夜泊》）。此诗描写作者夜泊枫桥时的情景，所写景物带有凄清、萧疏、孤寂的特点，这正与作者的羁旅之愁相融。

以“乐景”写“哀情”。如“江碧鸟逾白，山青花欲燃。今春看又过，何日是归年”（杜甫《绝句》），作于唐代宗广德二年（764年），当时诗人客寓成都，亟思东归，因战乱道阻，未能成行，所以有后两句的叹息。但诗的前两句却勾画了一幅幅浓丽的春日画面，极言春光融洽。如此美景，何以思归？原来这是以乐景写哀情。如此谋诗，才能写出诗人归心殷切。以客观景物与主观感受的鲜明对照，反衬诗人思乡之情更加浓厚。

以“哀景”写“乐情”。如“昔我往矣，杨柳依依。今我来思，雨雪霏霏”（《诗经·采薇》），依依杨柳，美好春色留人沉醉，却是黯然离别之际；霏霏雨雪，冰天坼地的寒冷，竟是征夫回乡之时！以乐景写哀情或以哀景写乐情，可以起到成倍增其哀乐的效果。

托物言志，抒写心怀　托物言志是诗歌散文中经常运用的表现手法，即作者借助对某种事物的刻画来含蓄地表达自己的思想感情或某种品格志向，诗中的物带有了人格化的色彩。如虞世南的《蝉》：

垂緌饮清露，流响出疏桐。
居高声自远，非是藉秋风。

诗中三、四句借蝉声远传的独特感受，道出了蕴含的真理，也就是立身品格高洁的人不需要某种外在的凭借，自能声名远播，从而表达出对人的内在品格的热情赞颂和高度自信。

再如王安石的《北陂杏花》：

一陂春水绕花身，花影妖娆各占春。
纵被春风吹作雪，绝胜南陌碾成尘。

杏花绚丽而脱俗，傍水杏花更是风姿绰约、神韵独绝。本诗写临水开放的杏花，是一首咏物诗，更是作者宁为玉碎、不为瓦全的倔强个性的体现。

值得一提的是，托物言志与象征、比兴、比喻有密切联系。象征要有象征体，那便是物，象征要表达的思想就在作者对物的描写和评价之中。比兴呢？最早的解释是“先言他物以引起所咏之辞”，这里的“他物”与作者所要抒发的情感必然是有着紧密联系的。很多诗既是托物，又兼比兴，又是象征。如唐代唐彦谦的《垂柳》：

绊惹春风别有情，世间谁敢斗轻盈？
楚王江畔无端种，饿损纤腰学不成。

这是一首韵味很浓的咏柳诗，不仅惟妙惟肖地写活了客观之物——柳，又含蓄地寄托了诗人愤世嫉俗之情。开篇极写垂柳婀娜多姿、纤柔飘逸，然后笔锋一转，另辟蹊径，联想至“楚王好细腰，宫中多饿死”的典故，抒发诗人托物寄兴的情怀，于柔情中见犀利，于含蓄中露锋芒，表面上“咏柳而贬美人”，实质上把矛头指向以皇帝为首的官僚集团，针砭时弊，畅快淋漓。其中有托物言志，有比兴，有用典，有直白。

借古讽今，点明题旨　古代文人墨客常喜借古讽今或借古抒怀。借古人抒发自己的抱负，表面回忆历史、叙述古人，实则抒发自己对人、事、物的认识，给读者留下极好的审美体验。如多次提到的刘禹锡的《乌衣巷》：

朱雀桥边野草花，乌衣巷口夕阳斜。
旧时王谢堂前燕，飞入寻常百姓家。

昔日车水马龙的朱雀桥、衣冠往来的乌衣巷，而今已经荒凉冷落，笼罩在寂寥惨淡的氛围之中。从中，我们可以清晰地听到作者对这一沧海桑田的变化发出的无限感慨。

再如杜甫的《蜀相》：

丞相祠堂何处寻？锦官城外柏森森。
映阶碧草自春色，隔叶黄鹂空好音。

三顾频烦天下计，两朝开济老臣心。

出师未捷身先死，长使英雄泪满襟。

本诗借游览古迹，表达了诗人对蜀汉丞相诸葛亮雄才大略、辅佐两朝、忠心报国的称颂以及对他出师未捷而身死的惋惜之情。诗中既有正统的“尊蜀”观念，又有才困时艰的感慨，字里行间寄寓感物思人的情怀，借诸葛亮的故事抒发了作者怀才不遇、壮志难酬的悲愤心情。

“事”代表事件的概括，在古典诗词中对应的是诗歌的“题材”，大致可以包含以下内容。

一、送别抒怀诗

古代由于交通不便、通讯极不发达，亲人朋友之间往往一别数载难以相见，故古人特别看重离别。离别之际，人们往往设酒饯别，折柳相送，有时还要吟诗话别，因此离情别绪就成为古代文人一个永恒的创作主题。

因各人的情况不同，故送别诗所写的具体内容及思想倾向往往有别。有的直接抒写离别之情，有的借以一吐胸中积愤或表明心志，有的重在写离愁别恨，有的重在劝勉、鼓励、安慰，有的兼而有之。

此类诗歌的标题中一般有“送”或“别”等字眼。

1. **主题分类**

直接表达诗人的离情别绪、依依难舍之情　如李白的《赠汪伦》：

李白乘舟将欲行，忽闻岸上踏歌声。
桃花潭水深千尺，不及汪伦送我情。

此诗前两句描绘李白乘舟欲行时，汪伦踏歌赶来送行的情景，朴素自然地表达出汪伦对李白那种朴实、真诚的情感；后两句先用“深千尺”赞美桃花潭水的深湛，紧接“不及”二字笔锋一转，把无形的情谊化为有形的千尺潭水，生动形象地表达了汪伦对李白那份真挚深厚的友情。

间接写别情　如杜牧的《赠别》：

多情却似总无情，唯觉樽前笑不成。
蜡烛有心还惜别，替人垂泪到天明。

通过写宴席上燃烧的蜡烛与故乡的江水，借物抒情，表现自己留恋惜别之情。

坦陈心志的告白　如王昌龄的《芙蓉楼送辛渐》：

寒雨连江夜入吴，平明送客楚山孤。
洛阳亲友如相问，一片冰心在玉壶。

首句“寒雨连江”的景物描写渲染出离别的黯淡气氛，含蓄地写出了作者凄凉的心情。第二句“平明”承接上句的“夜”，写出了离别的仓促，夜晚同来，黎明分手，来不及在此地漫游，是令人遗憾的。“楚山孤”的景象即写出了楚山的孤耸，又写出作者因友人离去，而产生的孤独心情，可谓情景交融之笔。最后两句，作者托辛渐给洛阳友人带去这样一句话，是有背景的。当时，作者因不拘小节，遭到一班平庸人物的议论，几次遭到贬谪。这里显然是作者对那些污蔑之词做出回击，也是对最了解自己的友人们给予告慰，表现了不肯妥协的精神。

情深意长的勉励　如王勃的《送杜少府之任蜀州》：

城阙辅三秦，风烟望五津。
与君离别意，同是宦游人。
海内存知己，天涯若比邻。
无为在歧路，儿女共沾巾。

此诗是送别诗的名作，意在慰勉友人离别之际切勿悲哀。起句严整对仗，三、四句以散调相承，以实转虚，文情跌宕。第三联“海内存知己，天涯若比邻”，奇峰突起，高度地概括了“友情深厚，江山难阻”的情景，尾联点出“送”的主题。全诗开合顿挫，气脉流通，意境旷达。音调明快爽朗，语言清新高远，内容独树碑石。此诗一洗往昔送别诗中悲苦缠绵之态，体现出诗人高远的志向、豁达的情趣和旷达的胸怀。

回忆相聚欢娱，遥想分别后的孤寂　如柳永的《雨霖铃》（节选）：

今宵酒醒何处？杨柳岸，晚风残月。此去经年，应是良辰好景虚设。便纵有千种风情，更与何人说？

这里先写酒醒后的心境，也是诗人漂泊江湖的感受。“此去经年，应是良辰好景虚设。便纵有千种风情，更与何人说”这四句更深一层地推想离别以后惨不成欢的境况。此后漫长的孤独日子怎么挨得过呢？纵有良辰好景，亦如同虚设，因再无心爱之人与自己共赏；再退一步，即便对着美景能产生一些感受，但又能向谁去诉说呢？总之，一切都提不起兴致了。这几句把诗人的思念之情、伤感之意刻画到了细致入微、至尽至极的地步，也传达出彼此关切的心情。

2. 常见意象

杨柳　典出《诗经·小雅·采薇》：“昔我往矣，杨柳依依；今我来思，雨雪霏霏。”杨柳的依依之态和惜别的依依之情融合在一起。“柳”与“留”谐音，古人在送别之时，往往折柳相送，以表依依惜别的深情，以至许多文人用它来传达怨别、怀远等情思。如柳永《雨霖铃》中“今宵酒醒何处？杨柳岸，晓风残月”等句。

长亭　古代路旁置有亭子，供行旅停息休憩或饯别送行。

如北周文学家庾信的《哀江南赋》:“十里五里，长亭短亭。”长亭成为一个蕴含依依惜别之情的意象，在古代送别诗词中不断出现。再如柳永《雨霖铃》中“寒蝉凄切，对长亭晚”等句。

南浦 多见于南方水路送别的诗词中，和名句“子交手兮东行，送美人兮南浦”有很大关系。南朝文学家江淹作《别赋》(“春草碧色，春水渌波，送君南浦，伤如之何”)之后，南浦在送别诗中明显多了起来，到唐宋送别诗词中出现得更为普遍，如白居易《南浦别》中的“南浦凄凄别，西风袅袅秋”等。

酒 元代杨载说:“凡送人多托酒以将意，写一时之景以兴怀，寓相勉之词以致意。”酒在排解愁绪之外，还饱含着深深的祝福。将美酒和离情联系在一起的诗词多不胜举，如王维《渭城曲》中的“劝君更尽一杯酒，西出阳关无故人”，白居易《琵琶行》中的“醉不成欢惨将别，别时茫茫江浸月”等，都是以酒抒写别离之情。

3. 送别习俗

折柳送别 “折柳”一词寓含“惜别怀远”之意，古时柳树又称“小杨”或“杨柳”，因“柳”与“留”谐音，可以表示挽留之意。离别赠柳表示难分难离、不忍相别、恋恋不舍的心意。

饮酒饯别 这也多出现在唐诗中。如王维《送元二使安西》中的“劝君更尽一杯酒，西出阳关无故人”。酒是文人的最爱，送别的场合也少不了它。

唱歌送别 多为唐代文人之间的送别方式。李白在《赠汪伦》中吟道:“李白乘舟将欲行,忽闻岸上踏歌声。”

二、羁旅思乡诗

此类诗歌所写内容无非是记录主人公旅途中的所见所闻、所思所想,抒发因滞留他乡很久而不能回家所产生的思乡及思亲之情。游客浪子的眼中所见、耳中所闻、心中所感都饱含着由此触发的对遥远故乡的眺望、对温馨家庭的憧憬。

古时,有的诗人长期客居在外,滞留他乡,或漂泊异地,或谋求仕途,或被贬赴任途中,或游历名山大川,或探亲访友,所谓“羁旅”,即因上述种种原因,长久寄居他乡之意。这类诗多抒发绵绵的乡愁、对亲人无尽的思念和郁郁不得志之情。阅读这类诗,要大抵了解诗人的遭遇,弄清诗人所思所想和诗中寄寓的复杂感情,往往表达羁旅之苦、行役之苦、宦游之艰。人们思乡多是源于战乱频发、山长水阔、久戍边关、宦游不归、漂泊在外、贬官异地、雁归故乡、逢年过节等。诗题中多含有“驿站”“客舍”“登高”“望月”“忆”“孤”“寄”“行”“宿”“思”等能够体现漂泊客居之意的词语,以及元宵、寒食、中秋、重阳、冬至、除夕等古代节日名。

1. 主题分类

天涯漂泊羁旅愁 叙写客居他乡的艰难,书写漂泊无定的孤苦,借旅途所观、所闻等,抒发内心的孤独、凄凉及思乡之情。如唐代的张继，好不容易考取了进士，却赶上安史之乱，玄宗仓皇奔蜀。因为当时江南政局比较安定，不少文士纷纷逃到今江苏、浙江一带避乱，其中也包括张继。一个秋天的夜晚，诗人泊舟苏州城外的枫桥。江南水乡秋夜幽美的景色，吸引着这位怀着旅愁的客子，心中泛起羁旅之思、家国之忧，以及身处乱世尚无归宿的顾虑，于是写下了这首意境清远的小诗《枫桥夜泊》：

月落乌啼霜满天，江枫渔火对愁眠。
姑苏城外寒山寺，夜半钟声到客船。

这首诗以一个“愁”字统起。首句写了午夜时分三种有密切关联的景象：月落、乌啼、霜满天。上弦月升得早，半夜时便已沉落下去，整个天宇只剩下一片灰蒙蒙的光影。树上的栖乌大约是因月落前后光线明暗的变化，被惊醒后发出几声啼鸣。月落夜深，繁霜暗凝。在幽暗静谧的环境中，人对夜凉的感觉变得格外锐敏。“霜满天”的描写并不符合自然景观的实际（霜华在地而不在天），却完全切合诗人的感受：深夜，侵肌砭骨的寒意从四面八方围向诗人夜泊的小舟，使他感到身外的茫茫夜气中正弥漫着满天霜华。

紧接着，第二句描绘“枫桥夜泊”的特征景象和旅人的感受。在朦胧夜色中，江边的树只能看到一个模糊的轮廓，之所以称之为“江枫”，也许是因枫桥这个地名引起的一种推想，或是选用“江枫”这个意象给读者以秋色秋意和离情羁思的暗示。透过雾气茫茫的江面，可以看到星星点点的几处“渔火”，由于周围昏暗迷蒙背景的衬托，显得特别引人注目。“江枫”与“渔火”，一静一动、一暗一明，一江边、一江上，景物的配搭组合颇见用心。写到这里，才正面点出泊舟枫桥的旅人。“愁眠”，当指怀着旅愁躺在船上的旅人。

诗的后两句只写了一件事：卧闻山寺夜钟。这是因为诗人在枫桥夜泊中所得到的最鲜明深刻、最具诗意美的感觉印象，就是寒山寺的夜半钟声。月落乌啼、霜天寒夜、江枫渔火、孤舟客子等景象，固然已从各方面显示出枫桥夜泊的特征，但还不足以尽显它的神韵。在暗夜中，人的听觉升居为对外界事物景象感受的首位。而静夜钟声，给予人的印象又特别强烈。如此，“夜半钟声”不但衬托出夜的静谧，而且揭示了夜的深永和清寥，诗人卧听疏钟时的种种难以言传的感受也就尽在不言中了。

望尽天涯怀人愁　感念亲情之深，表达对亲人的思念。如王维十七岁时写下的《九月九日忆山东兄弟》，那时的他孤身远行在长安，一个少年在面对尽是陌生人的繁华外乡，是很孤独凄凉的，这让他格外思念家乡。因为他的家在华山之东的蒲州，遂这首诗被他题作“忆山东兄弟”：

独在异乡为异客，每逢佳节倍思亲。

遥知兄弟登高处，遍插茱萸少一人。

古时地区之间风土人情和习俗的差距都非常大，离开熟悉的家乡去往陌生的异乡，身心迷茫，且不知前景如何，王维的感受是可想而知的。这首诗第一句的“独”字，就将诗人孤身面对一切的境况表达得淋漓尽致，又连用两个“异”字，“异乡”“异客”这种叠加的用法更加凸显诗人内心的孤苦之感。

第二句，作者写了“佳节”和“倍”，人漂泊在外思念家乡是很平实的情感，往日里不那么明显，可遇到了“佳节”，便触景生情，情绪就会较平时更强烈。在全家团圆的节日里，孤零零的少年在喧闹的异乡回忆起在家乡时的欢快过往，游子之孤单就会愈加浓烈。李中也有“旅次经寒食，思乡泪湿巾”的诗句，似乎节日总是格外惹游子思乡。

诗的第三句和第四句为王维的转折之笔。家乡的兄弟按照习俗在重阳节这天都身带茱萸登去高处了，他们当中唯独少了王维一个人。事实上，王维于此想要表达的意思非常深远：让我更加怅然的不是自己孤独地身在外乡，而是想到在团圆的日子不能和兄弟团聚，这种遗憾更值得诉说。

羁旅他乡幽怨愤 或表达人生感叹，流露年华易逝的苦闷；或抒发独居他乡，不得重用，怀才不遇，报国无门的孤独寂寞、幽怨愤慨之情。如范仲淹在镇守西北边疆期间，身处军中时的感怀之作《渔家傲·秋思》：

塞下秋来风景异，衡阳雁去无留意。四面边声连角起，千嶂里，长烟落日孤城闭。

浊酒一杯家万里，燕然未勒归无计。羌管悠悠霜满地，人不寐，将军白发征夫泪。

这首词首先给人的感觉是凄清、悲凉、壮阔、深沉，还有些许伤感。就在这悲凉、伤感中，有悲壮的英雄气概在回荡。

起句“塞下秋来风景异”，“塞下”点明延州的所在区域；“秋来”点明了季节；“风景异”概括地写出了延州秋季和内地迥异的风光。范仲淹是苏州人，对此地的季节变换远较北人敏感，故用一个“异”字概括，这中间含有惊异之意。“衡阳雁去无留意”，雁是候鸟，每逢秋季，北方的雁即飞向南方避寒；“无留意”是说这里的雁到了秋季即向南展翅奋飞，毫无留恋之意，反映了该地到了秋天，寒风萧瑟，满目荒凉。

紧接着续写了延州傍晚时分的战地景象：“四面边声连角起。”这种声音随着军中的号角声而起，形成了浓厚的悲凉气氛，为下阕的抒情蓄势。

下阕起句“浊酒一杯家万里”，是词人的自抒怀抱。他身负重任，防守危城，天长日久难免起乡关之思。这“一杯”与“万里”数字之间形成了悬殊的对比，也就是说，一杯浊酒消不了浓重的乡愁，造语雄浑有力。乡愁皆因“燕然未勒归无计”而生。“燕然未勒”由“封燕然山铭”的典故而来：东汉和帝永元元年，车骑将军窦宪北伐匈奴，大破之，在漠北燕然山刻石记功，由班固执笔，颂汉威德，就是所谓“勒石燕然”。此处的“勒”字是雕刻的意思。

“羌管悠悠霜满地”是写夜景，在时间上是“长烟落日”的延续。“人不寐”补叙上句，表明自己彻夜未眠，徘徊于庭。“将军白发征夫泪”，由自己而及征夫总收全词。总之，下阕抒情，将直抒胸臆和借景抒情相结合，抒发的是作者与边关将士壮志难酬和思乡忧国的情怀。

2. 常用意象

月亮 对月思亲，常引发离愁别绪、思乡之愁。“举头望明月，低头思故乡”（李白《静夜思》），望月思乡异常感伤；“小楼昨夜又东风，故国不堪回首月明中”（李煜《虞美人》），望月思故国，表现了亡国之君特有的伤痛；“碛（沙漠）里征人三十万，一时回首月中看”（李益《从军北征》），茫茫沙漠中几十万战士一时间都抬头望着东升的月亮，抑制不住悲苦的思乡之情。

燕子 燕属候鸟，随季节变化而迁徙，喜欢成双成对出入于人家屋内或屋檐下，因此为古人所青睐，常出现在古诗词中，或惜春伤秋，或渲染离愁，或寄托相思，或感伤时事，意象之盛、表情之丰，非其他物类所能及。

柳树 以折柳表惜别。李白的《春夜洛城闻笛》中有：“此夜曲中闻折柳，何人不起故园情？”

丁香 常与孤独忧愁，特别是离情别绪相联系。如李煜的《浣溪沙》中有：“青鸟不传云外信，丁香空结雨中愁。”

芭蕉 常表达孤独忧愁的离情别绪。如李商隐的《代赠》中有：“芭蕉不展丁香结，同向春风各自愁。”

梧桐　与芭蕉雷同，大多表示一种凄苦之音。白居易的《长恨歌》云："春风桃李花开日，秋雨梧桐叶落时。"

杜鹃　古代神话中，蜀王杜宇（即望帝）因被迫让位给他的臣子，自己隐居山林，死后灵魂化为杜鹃。于是，古诗中的杜鹃也就成为凄凉、哀伤的象征了。如秦观的《踏莎行》中有："可堪孤馆闭春寒，杜鹃声里斜阳暮。"

鹧鸪　鹧鸪的鸣声听起来像"行不得也哥哥"，极容易勾起旅途艰险的联想和满腔的离愁别绪。一般而言，古代诗歌中的鹧鸪已不是纯粹客观意义上的一种鸟了。如辛弃疾在《菩萨蛮·书江西造口壁》中云："江晚正愁余，山深闻鹧鸪。"

乌鸦　常与衰败荒凉的事物联系在一起。如秦观的《满庭芳》中有："斜阳外，寒鸦万点，流水绕孤村。"

猿啼　在诗歌中常象征一种悲伤的感情。杜甫的《登高》有云："风急天高猿啸哀，渚清沙白鸟飞回。"

鸿雁　鸿雁是大型候鸟，每年秋季南迁，常常引起游子思乡怀亲之情和羁旅伤怀之感。如赵嘏的《长安晚秋》中有："残星数点雁横塞，长笛一声人倚楼"；也用来指代书信、音讯，如晏殊的《清平乐》云："红笺小字，说尽平生意。鸿雁在云鱼在水，惆怅此情难寄。"

水　在古代诗歌中常和绵绵的愁丝连在一起。如欧阳修的《踏莎行》云："离愁渐远渐无穷，迢迢不断如春水。"

高楼　又如西楼、小楼、危楼、危栏，借人在楼上或登楼远眺表现思乡之情。如范仲淹的《苏幕遮》云："明月楼高休独倚，酒入愁肠，化作相思泪。”

茅店 指荒郊野外，多表达漂泊之意与思乡之情。温庭筠的《商山早行》有云：“晨起动征铎，客行悲故乡。鸡声茅店月，人迹板桥霜。”

青鸟 青鸟是传书的信使。李商隐《无题》有云：“蓬山此去无多路，青鸟殷勤为探看。”

沙鸥 此鸟是诗人们常常用来抒发内心因漂泊无依而伤感的意象。杜甫《旅夜书怀》：“名岂文章著，官应老病休。飘飘何所似，天地一沙鸥。”

白云 见月怀人，望云思友，是古代诗词常常表现的情感。如杜甫的《恨别》有云：“思家步月清宵立，忆弟看云白日眠。”白云往往同隐者联系在一起，白云自由不羁、洁白无瑕，是隐者品格的最好象征。又如李白的《白云歌送刘十六归山》有云：“楚山秦山皆白云，白云处处长随君。”

浮云 浮云漂移不定，常喻在外漂泊的游子：“浮云游子意，落日故人情。”

秋风、秋霜、衰草 可引发旅人的孤独、凄凉、惆怅之情。

寒山、烟、暝色、宿鸟、烟、日暮等 特别是暝色。日暮时分，妻子独守空房，当会思念漂泊在外的夫君；漂泊的旅人停泊休憩，羁旅愁思也会蓦然而生。与日暮、暝色相近的意象还有暮霭、落日、夕阳，也可表现游子的思乡之情。

声音　常见的有笛声（寒山吹笛唤春归，迁客相看泪满衣）、芦管声（不知何处吹芦管，一夜征人尽望乡）、角声（故园黄叶满青苔，梦破城头晓角哀）、鸦鸣声（月落乌啼霜满天，江枫渔火对愁眠）等。

关山　指遥远的地方，多用以表现怀乡、思人。

三、思妇闺情诗

这类诗指的是以闺中思妇的情怀或愁绪为主要写作内容的诗歌。

宫怨诗与闺怨诗都以女性心态为描写对象。前者专写宫中宫女及妃嫔失宠后引发的怨情；闺怨诗则主要抒写民间弃妇和思妇（包括征妇、商妇、游子妇等）的忧伤，或少女怀春、思念情人的感情。而思妇闺怨诗，则更多的是写闺房女子对丈夫久客不归的埋怨或对远在边地征戍的夫君的思念之情。

1. 主题分类

此类诗的思想内容或表现妇女对在外丈夫的思念，表达自己的柔情别绪、忧愁伤感；或表达对战争的厌恶或鼓励丈夫建功立业的情怀；或表现宫中女子对自由被禁锢、遭人冷落的处境的怨恨，寄寓作者自己的人生感慨，对易逝青春的哀怨，表达对自由和幸福生活的向往。

表现闺中女子的后悔、怨恨　青年士子为博取功名利禄、荣华富贵而远离妻室，使得妻子在无尽的等待与无边的愁闷中生出怨恨之情。王昌龄的《闺怨》一诗写道：“闺中少妇不知愁，春日凝妆上翠楼。忽见陌头杨柳色，悔教夫婿觅封侯。”以前，一心要丈夫早点博取功名，独自在深闺还感觉不到丈夫不在身边的愁闷。可现在登上楼头不经意看到路边的杨柳树头早已是一片葱翠，田野里也少不了成双成对的踏青人，而自己身边却无人陪伴。这就促使妻子从内心深处冒出以前从未明确意识到而此刻却变得非常强烈的念头——“悔教夫婿觅封侯”。

表现对游子的思念、想望　丈夫在外出征或在外谋取功名，闺中的妻子自然是日思夜想。唐代金昌绪的《春怨》有云：“打起黄莺儿，莫教枝上啼。啼时惊妾梦，不得到辽西。”该诗生动地写出了一位妙龄少妇的思夫心情。黄莺在古诗中是可爱之物，声音清脆动听。可这位女子却听得心烦火起，竟要将它赶走，岂不令人奇怪？原来是因为这只黄莺光顾着没完没了地鸣唱，只懂得卖弄自己清脆的喉咙，全然不理会屋里的女子正在午睡，且还做着好梦。梦中，她来到辽西，正同远征的丈夫相会。这只黄莺鸟真是太不知趣了，竟然吵醒了女主人公，惊破了她日夜以求的美梦，将她从与丈夫相聚的甜蜜美梦中拉回到孤身独处的严酷现实，岂不要恼煞了她？所以，她要“打起黄莺儿，莫教枝上啼”。

表现对丈夫的关切、牵挂　儿行千里母亦担忧，何况丈夫在外，在家的妻子何尝不担忧、不牵挂呢？唐代王驾之妻陈玉兰的《寄夫》有云：“夫戍边关妾在吴，西风吹妾妾忧夫。一行书信千行泪，寒到君边衣到无。”写的是一位女子不顾西风吹在自己身上的寒冷，对丈夫体贴入微、嘘寒问暖，十分生动地写出了少妇的焦虑。自安史之乱以后，战争频繁而残酷，成千上万驻守边地的将士于沙场英勇牺牲，使得他们的妻子独守空闺，寂寞终身。

表现闺中人的寂寞、冷清 这类诗犹以表现宫女的寂寞之情为最突出。古代的最高统治者为了满足自己的淫欲和役使之需，将大批民间的美貌女子掳入宫中。这些深宫女子被锁入高墙深院内，一待就是一辈子；除非特殊的原因可以被放出宫，不然就只能老死于这寂寞冷清的皇宫里。一部分宫女进宫后，连皇上的面也没见过，其痛苦、怨言可以想见。

唐代元稹的《行宫》有云：“寥落古行宫，宫花寂寞红。白头宫女在，闲坐说玄宗。”这是一首抒发盛衰之感的诗。几个玄宗天宝年间进宫的老宫人，年轻时都是月貌花容、娇姿艳质，她们被禁锢在行宫中，红颜憔悴，成日价闲坐无聊，只有谈论过往。此情此景，好不凄绝！

表现一种怨战、厌战的情绪 沈佺期的《杂诗三首·其三》有云：“闻道黄龙戍，频年不解兵。可怜闺里月，长在汉家营。少妇今春意，良人昨夜情。谁能将旗鼓，一为取龙城。”此诗通过描写闺中怨情，揭露了战争给人民生活带来的痛苦，表达了诗人对人民的关心和同情，也委婉、含蓄地讽刺了边将的无能，表达了渴求过上安宁生活的心愿和反战情愫。

2. 常见意象

黄莺、燕子、鸿雁、鹦鹉、飞蛾、月、梦、泪、雁、寒蝉、更漏、笛声等；

织布、捣衣、缝衣、登高、凭栏等行为类意象；

晓风、春景、落花、杨柳、衰草、银河、灯、烛、帘、被、团扇、床枕、帷幕、帏、镜；

花屏、章台、栏杆、高楼、宫殿、玉阶、窗、轩楼等。

四、山水田园诗

所谓山水诗，是以山水等自然景观为主要描写对象的诗歌；所谓田园诗，是指歌咏田园生活的诗歌，大多以农村的景物和农民、牧人、渔父等劳作行为为题材。中国山水田园诗源远流长，诗人以自然山水或农村自然景物、田园生活为吟咏对象，把细腻的笔触投向静谧的山林、悠闲的田野，创造出一种田园牧歌式的生活境界，借以表达对现实的不满、对宁静平和生活的向往。山水田园诗属于写景诗的范畴，其主要特点就是"一切景语皆情语"，亦即作者笔下的山水自然景物都融入了主观情愫，或借景抒情，或情景交融。

陶渊明是田园诗的"开山"，南朝的谢灵运是山水诗的"鼻祖"。唐代形成了山水田园诗派，代表人物有王维、孟浩然、储光羲、常建等。盛唐时代，山水田园诗进入了繁荣时期。盛唐山水田园诗派的主要成就有三：一是将山水与田园二者结合得更紧密了；二是形神兼备、物我契合；三是具有更深厚的思想内涵，寄托了高尚情操和身世之感。

盛唐诗人继承了前代山水田园诗人的成就，又有新的发展，其笔下景物不仅具有化工肖物之妙，又能以清新自然的语言传达田园之趣味、山水之精神，在山川风物中融入诗人的感情，即景会心，浑然天成。

1. 主题分类

表达对大自然的喜爱 通过描绘山川美景，表达对壮丽山河的热爱。如李白的《望庐山瀑布》：

日照香炉生紫烟，遥看瀑布挂前川。
飞流直下三千尺，疑是银河落九天。

前两句描绘了庐山瀑布的奇伟景象，既有朦胧美，又有雄壮美；后两句用夸张的比喻和浪漫的想象，进一步描绘瀑布的形象和气势，表达了诗人对大自然的神奇伟力的赞颂。

表达对官场仕途的厌倦，对现实的不满，甚至愤怒 如王维《山居秋暝》的：

空山新雨后，天气晚来秋。
明月松间照，清泉石上流。
竹喧归浣女，莲动下渔舟。
随意春芳歇，王孙自可留。

该诗写出了清新、幽静、恬淡、优美的山中秋季的黄昏美景。全诗动静结合、相辅相成、相得益彰，月照松林是静态，清泉流溢是动态。前四句写秋山晚景之幽静，五、六句写浣女渔舟之喧哗。诗之四联分别写感觉、视觉、听觉、感受，因象得趣，因景生情，于诗情画意之中寄托着诗人高洁的情怀和对理想境界的追求，表现了诗人寄情山水田园，对隐居生活怡然自得的满足心情。虽然春光已逝，但秋景更佳。“王孙”指诗人自己，其喜归自然、厌恶宦海之情溢于言表。

表达对归隐生活、闲适恬淡的田园生活的喜爱和向往 如孟浩然的《过故人庄》：

故人具鸡黍，邀我至田家。
绿树村边合，青山郭外斜。
开轩面场圃，把酒话桑麻。
待到重阳日，还来就菊花。

该诗写的是诗人应邀到一位农村老友家做客的经过。在淳朴自然的田园风光之中，主客举杯饮酒，闲谈家常，充满了乐趣，抒发了诗人和朋友之间真挚的友情。诗人通过描写田园生活的风光，写出了内心对这种生活的向往。

对生活和人生哲理的感悟、禅意的寄托 如苏轼的《题西林壁》：

横看成岭侧成峰，远近高低各不同。

不识庐山真面目，只缘身在此山中。

后两句即景说理，谈游山的体会（心中所想）。为什么不能辨认庐山的真实面目呢？因为身在庐山之中，视野为庐山的峰峦所局限，看到的只是庐山的一峰、一岭、一丘、一壑，局部而已，这必然带有片面性。这两句诗有着丰富的内涵，启迪我们为人处事的一个哲理——人们因所处的地位不同，看问题的出发点亦不同，对客观事物的认识难免具有一定的片面性；要认识事物的真相与全貌，必须超越狭小的范围，摆脱主观成见。

另外，还有歌颂劳动生活以及在劳动中与农民的深厚情谊；揭露封建统治者的残暴，反映农村生活的艰辛以及农民的痛苦等内容的诗歌，这里不再一一举例。

2. 常见意象

绿树 常表现一种幽静的环境。如孟浩然的《过故人庄》有云："绿树村边合，青山郭外斜。"

黄鹂 常以黄鹂鸣叫强化环境的幽静。如曾几的《山衢道中》有云："绿阴不减来时路，添得黄鹂四五声。"

空山 常表现空旷、幽静的环境。如王维的《山居秋暝》有云："空山新雨后，天气晚来秋。"

明月 渲染一种清幽的环境。王维的《竹里馆》中有："深林人不知，明月来相照。"

柳绿 渲染一种如诗如画的意境。王维的《田园乐》中有：“桃红复含宿雨，柳绿更带朝烟。花落家童未扫，莺啼山客犹眠。”

桂花 表现一种宁静、清远的情境。见王维的《鸟鸣涧》：“人闲桂花落，夜静春山空。”

春山 渲染静寂的环境。于良史的《春山夜月》有云：“春山多胜事，赏玩夜忘归。掬水月在手，弄花香满衣。”

竹 常寄托主人公一种清高脱俗的情怀。如柳宗元的《渔翁》中云：“渔翁夜傍西岩宿，晓汲清湘燃楚竹。”

云 常表现主人公的恬淡隐逸之情。如王维的《终南别业》中云：“行到水穷处，坐看云起时。”

海棠 表现对美好景物的珍惜。如苏轼的《海棠》：“东风袅袅泛崇光，香雾空蒙月转廊。只恐夜深花睡去，故烧高烛照红妆。”

白鸥 一种水鸟，多借以表现自由恬静的生活。如杜甫的《客至》中云：“舍南舍北皆春水，但见群鸥日日来。”

白鹭 一种飞在水田或沙滩上的鸟，常表现一种安谧清幽的环境。如王维的《积雨辋川庄作》中云：“漠漠水田飞白鹭，阴阴夏木啭黄鹂。”

稻香 表现农村环境及农村生活的恬静与清幽。辛弃疾的《西江月》中有：“稻花香里说丰年，听取蛙声一片。”

细雨 表现环境的宁静、恬淡。杜甫的《春夜喜雨》中有：“好雨知时节，当春乃发生。随风潜入夜，润物细无声。”

蛙 常用以表现农村风光与环境，衬托诗人的悠闲心情。如赵师秀的《约客》中有：“黄梅时节家家雨，青草池塘处处蛙。”

五、怀古咏史诗

咏史怀古诗是诗人在阅读史书或游览古迹时，有感于历史人物的功过或历史事件的成败、以往朝代的兴衰发表评论，以历史事件、历史人物、历史陈迹为题材，借登高望远、咏叹史实、怀念古迹引发出对时局或自己身世的共鸣，达到感慨兴衰、寄托哀思、托古讽今等目的。我们将这类诗合称为咏史怀古诗词。

这类作品的内容与思想大都比较沉重，感情基调都较为苍劲悲凉。诗人们对历史的处理往往是“攻其一点，不及其余”，使诗作文短意长、含蓄蕴藉，令人回味再三。如杜甫的《蜀相》、刘禹锡的《乌衣巷》都遗响千古。

严格来说，咏史怀古诗应该分为“咏史”和“怀古”两类。咏史诗是翻阅古书、捡点旧说，针对具体的历史事件、历史人物，陈述自己独到的见地而创作的诗歌，长于议论精辟；怀古诗则是因登临古地游览、凭吊古迹、追念往事、触景生情、抒发感慨而创作的诗，长于情景交融。

此类诗的标志是在标题中一般含有古迹、人名，或在古迹、古人前冠以“咏”，或在古迹、古人后加“怀古”“咏怀”等。如《乌江亭》《乌衣巷》《石头城》《隋宫》《金陵怀古》《赤壁怀古》《咏怀古迹》等。

1. 主题分类

抒发感慨，感伤兴衰 既然是怀古咏史，现实的不尽人意就难免使诗人触景生情，抒发思古之幽情、盛衰之感伤，以及对物换星移、物是人非的悲哀之情。尤其是作为六朝古都、曾繁华一时的金陵，更成为古代诗人们感情的集射地，不知触发了多少怀古之情，“金陵怀古”几乎成为咏诗的一个专题。如唐代韦庄的《台城》：

江雨霏霏江草齐，六朝如梦鸟空啼。
无情最是台城柳，依旧烟笼十里堤。

这首凭吊六朝古迹的诗，首句写金陵雨景，渲染氛围；二句写六朝往事如梦，台城早已破败；三、四句写风景依旧，人世沧桑，触景生情，借景寄慨，暗寓伤今。语言含蓄蕴藉，情绪无限感伤。

再如刘禹锡的《石头城》：

山围故国周遭在，潮打空城寂寞回。
淮水东边旧时月，夜深还过女墙来。

全诗通篇写景，群山仍在，潮水依旧，月光依然，所变者是“故国”“空城”“旧时月”，昔日繁华已化为乌有，全诗基调凄凉不堪，句句都融合着诗人的故国萧条之感，令人不胜伤感。

怀古咏史，别有寓意 这些诗作大多是作者在怀古咏史的同时，融进了自己切实的生活感受和独特的生活体验，具有强烈的个人意识，或是借古讽今，别有寄托。如王安石的《桂枝香·金陵怀古》：

登临送目，正故国晚秋，天气初肃。千里澄江似练，翠峰如簇。征帆去棹残阳里，背西风，酒旗斜矗。彩舟云淡，星河鹭起，画图难足。

念往昔，繁华竞逐，叹门外楼头，悲恨相续。千古凭高对此，谩嗟荣辱。六朝旧事随流水，但寒烟衰草凝绿。至今商女，时时犹唱，后庭遗曲。

上阕以“登临送目”四字领起，层层表现了“故国晚秋”中江山风物的胜概。下阕则以“念往昔，繁华竞逐”一句转入怀古，感叹六朝皆因荒乐而相继覆亡。末三句落到“至今”，便寓警世伤时之意，实际上是借历史警诫当朝统治者不要一味贪图享受而重蹈历史之覆辙。

还有的作品属理性分析，独抒机杼，表达了诗人对历史事实的独特观点，启迪世人。如杜牧的《赤壁》：

折戟沉沙铁未销，自将磨洗认前朝。
东风不与周郎便，铜雀春深锁二乔。

这首诗作变换视角，讥讽周瑜成功的侥幸。开头二句，借物起兴，慨叹前朝人物事迹；后二句议论：赤壁大战，周瑜火攻，倘无东风，东吴早灭，二乔将被掳去，历史就要改观。诗的构思极为精巧，议论新颖独特，发人所未发，一反众口一词的论调，又不悖情理，使人耳目一新。

感慨身世，关照自我　有的怀古咏史诗着眼于个人的境遇变化，借古人古事抒发自己的感慨。在鉴赏这类诗词时，还要抓住历史人物或事件和诗人身世之间的连接点，找出二者的共通之处，才能很好地理解作品的深刻寓意。如苏轼的《念奴娇·赤壁怀古》(节选)：

遥想公瑾当年，小乔初嫁了，雄姿英发。羽扇纶巾，谈笑间，樯橹灰飞烟灭。故国神游，多情应笑我，早生华发。人生如梦，一樽还酹江月。

周瑜在“小乔初嫁”时就立下了“樯橹灰飞烟灭”之大功，可谓少年得志，风流倜傥，而诗人自己人到中年，却功业无成，“早生华发”，与周瑜相比，简直不可同日而语。故地重游，联想古人，反观自己，才使这首词具有了更为普遍的意义，引起无数人的共鸣，这首杰出的赤壁怀古词才有了长久的生命。

咏史怀古类诗词作为独特的诗歌题材，就其自身而言，拥有“着诗”“和史”的双重特征。这类诗词是“诗”与“史”、咏“史”与言“志”、“古”与“今”的结合与统一，是其所独有的艺术特征。诗歌中常会通过古迹、典故、人物等作为表达情感的媒介，所以我们也要多多积累一些典故常识。

2. **常用典故**

投笔 《后汉书》载：班超家境贫寒，靠为官府抄写文书来生活。他曾投笔感叹，要效法傅介子、张骞立功边境，取爵封侯。后来，“投笔”就指弃文从武。

长城 《南史檀道济传》载：檀道济是南朝宋的大将，权力很大，受到君臣猜忌。宋文帝借机杀他时，檀道济大怒道：“乃坏汝万里长城！”后就用“万里长城”指守边的将领。

楼兰 《汉书》载；楼兰国王贪财，多次杀害前往西域的汉使。后傅介子被派出使西域，计斩楼兰王，为国立功。此后，诗人就常用“楼兰”代指边境之敌，用“破（斩）楼兰”指建功立业。

折腰 《宋书隐逸传》载：陶渊明曾做彭泽县令，因不肯“为五斗米折腰向乡里小儿”，而弃官归隐。“折腰”意为躬身拜揖，后喻指屈身事人，而诗人常反其义用之。如李白的《梦游天姥吟留别》中云：“安能摧眉折腰事权贵，使我不得开心颜？”

化碧 《庄子外物》载：苌弘是周朝的贤臣，无辜获罪而被流放蜀地。他在蜀地自杀后，当地人用玉匣将其血藏起来，三年后，血变成了碧玉。后来，人们就常用“化碧”形容刚直中正的人为正义事业而蒙冤受屈。

六、咏物言志诗

咏物言志，又称“托物言志”及“借物喻人”。这里的“咏”是描绘、赞颂的意思；“物”是客观事物；“言”是表达、抒发的意思；“志”指作者的意愿、情怀。咏物言志法，就是通过对客观事物的具体描绘、赞美来表达作者的某种意志（或某种理想、某种愿望、某种要求），抒发作者某种感情的写作方法。如王安石的《梅花》：

墙角数枝梅，凌寒独自开。
遥知不是雪，为有暗香来。

梅花，洁白如雪，长在墙角但毫不自卑，远远地散发着清香。诗人通过对梅花不畏严寒的高洁品性的赞赏，用雪喻梅的冰清玉洁，又用“暗香”点出梅胜于雪，说明坚强高洁的人格所具有的伟大魅力。作者在北宋极端复杂艰难的局势下，锐意实施改革，而得不到支持，其孤独心态和艰难处境与梅花自然有共通的地方。这首小诗意味深远，语句又十分朴素自然，没有丝毫雕琢的痕迹。

1. 主题分类

单纯咏物 状物之形貌，言物之神态，仅求其形似，不赋予个人感情，最多表达诗人健康而高雅的审美情趣。如贺知章的《咏柳》：

碧玉妆成一树高，万条垂下绿丝绦。

不知细叶谁裁出，二月春风似剪刀。

诗人赞美了春柳的轻盈姿态，透露出对自然之物的喜爱之情。

托物言志（寓意） 即诗歌所描绘的物象只是抒情的载体，作者借以表达人生的态度、生活的理想，或批判丑恶的现象，或表达自己的观点。名为咏物，实则为了咏人与抒情，往往通过描摹物象写其特征与精神，融入个人的情感，或借物抒怀，或以物自喻，或感己伤时。如宋代名相李纲的《病牛》：

耕犁千亩实千箱，力尽筋疲谁复伤？

但得众生皆得饱，不辞羸病卧残阳。

借牛任劳任怨、志在众生、唯有奉献、别无他求的性格特点，表达自己不忘抗金报国，为社稷苍生甘愿劳苦的心志。

再如曾巩的《咏柳》：

乱条犹未变初黄，倚得东风势便狂。

解把飞花蒙日月，不知天地有清霜。

这首诗讽刺、揭露得势便猖狂的小人，警告他们必定无好下场。

托物喻理　通过咏物来表达一定的社会道理。如苏轼的《琴诗》：

若言琴上有琴声，放在匣中何不鸣？
若言声在指头上，何不于君指上听？

该诗道出只有主体与客体密切配合，才能演奏出美妙音乐的道理。

托物讽世　通过咏物来揭示或批判社会的不公平现象。如罗隐的《蜂》：

不论平地与山尖，无限风光尽被占。
采得百花成蜜后，为谁辛苦为谁甜？

诗人在赞颂勤劳无私者的同时，更讽刺了那些不劳而获者。

咏物抒怀　这类诗歌所吟咏的物象往往是诗人自己的化身或与世人有某种相似之处，大致分为两种情况：

其一，借助赞美诗歌中物象的高尚品格，表达诗人自己的人生态度和追求。如郑谷的《菊》：

王孙莫把比蓬蒿，九日枝枝近鬓毛。
露湿秋香满池岸，由来不羡瓦松高。

诗歌首句告诫那些四体不勤、五谷不分的公子王孙，莫要把菊同蓬蒿相提并论，并透露出对他们的鄙夷之情。作为首句，有提挈全篇的作用。“九日枝枝近鬓毛”紧承首句点题。每年阴历九月九日是人所共知的重阳节。古人在这一天有登高、赏菊、饮菊花酒的习俗，还会采撷菊花插戴于鬓上。诗人提起这古老的传统风习，就是暗点一个“菊”字，同时照应首句，说明一般人与王孙公子不一样，对于菊是非常喜爱尊重的。这两句从不同的人对菊的不同态度，初步点出菊的高洁。

三、四句是全诗的着重之处，集中写了菊的高洁气质和高尚品格。“露湿秋香满池岸”展现了秋天早晨的景象：太阳初升，丛丛秀菊，饱含露水，湿润晶莹，明艳可爱；缕缕幽香，飘满池岸，令人心旷神怡，菊花独具的神韵风采跃然纸上。“满”字形象贴切，表现出那清香是如何沁人心脾，不绝如缕。诗人在描写菊的气质后，很自然地归结到咏菊的主旨：“由来不羡瓦松高。”以池岸边的菊花与高屋上的瓦松做对比，意在说明菊花虽生长在沼泽低洼之地，却高洁、清幽，毫不吝惜地把它的芳香献给人们；而瓦松虽踞高位，实际上“在人无用，在物无成”。在这里，菊花被人格化了，作者赋予其不求高位、不慕荣利的思想品质。“由来”与“不羡”相应，更加重了语气，突出了菊花的高尚气节。

这首诗歌中的“菊”，实际上是诗人的自我写照，表达了其清高自守，不图高官厚禄，不慕荣华富贵的高尚品格。

其二，以诗歌所咏之物自喻，反映自己不幸的遭遇，表

达内心的感慨、愤懑或理想愿望。如高蟾的《下第后上永崇高侍郎》:

天上碧桃和露种，日边红杏倚云栽。

芙蓉生在秋江上，不向东风怨未开。

高蟾，晚唐河朔人，本为寒士，屡试不第。本诗是他再次落第后写给高侍郎的。永崇，唐时长安的坊名。芙蓉，指荷花。

前两句说碧桃、红杏靠着甘露滋润和太阳煦照，开出娇艳的花。“天上”“日边”象征中第者地位陡然上升，“一登龙门则身价十倍”;“和露种”“倚云栽”比喻这些人凭恃靠山，特获宠遇。三、四句转过来写自己，说江上的芙蓉却不具备这些优越条件，只能在秋风中迟迟绽放，但它自甘冷清，既不怨天尤人，更不肯趋炎附势。

2. **常见意象**

蝉 象征悲凉或品行的高洁。

梅花 代表高洁人格。

松柏 象征孤直耐寒的品格。

雁 思乡怀亲、羁旅伤感。

菊花 傲霜之花，隐逸、高洁、脱俗。

莲花 代表高洁、雅致、宁静等。

杨柳 指代离情别恨、摇摆不定、春天的美好。

水仙 玉洁冰清，高贵清雅。

凤凰 品行高洁，志向远大。

兰花 高洁、君子之德。

东风 旷达、欢愉、希望。

狂风 作乱、摧毁旧世界的力量。

竹子 具有性直、心空、节贞等特点，为隐者所爱，表现君子的品德修养。

七、边塞征战诗

边塞诗是以边疆地区军民生活和自然风光为题材的诗作。一般认为，边塞诗初步发展于汉魏六朝时代，兴盛于隋代，唐代即进入发展的黄金时代。边塞诗是唐代诗歌的主要题材，亦是唐诗中思想性最深刻、想象力最丰富、艺术性最强的一部分。

边塞诗繁荣的原因有二：一是在于当时强大的边防和高度自信的时代风貌；二是在于建功立业的壮志和“入幕制度”的刺激。文人普遍投笔从戎，赴边求功，正如杨炯的诗句“宁为百夫长，胜作一书生”。

盛唐是边塞诗创作的鼎盛时期，涌现了著名的边塞诗派，代表诗人有高适、岑参、王昌龄、李颀、王之涣、王翰，另外王维、李白、杜甫等也都写过边塞诗。盛唐诗成为边塞诗创作的顶点。此后的中晚唐并没有出现边塞诗的大家，但题材有所扩展。

这类诗的标题中往往有“行”“军”“征人”“塞”“戍”

等与军旅相关的字眼。

1. **主题分类**

从戍边战士的角度创作 或写战争的惨烈，或表现战士不惜为国捐躯的豪情壮志，表达对将士英勇威猛的赞美。如王昌龄的《从军行·其四》：

青海长云暗雪山，孤城遥望玉门关。

黄沙百战穿金甲，不破楼兰终不还。

后两句先写出了戍边时间漫长、战事频繁、战斗艰苦、敌军强悍、边地荒凉。“百战”是比较抽象的，冠以“黄沙”二字，就突出了西北战场的特征，令人宛见“日暮云沙古战场”的景象；“百战”而至“穿金甲”，更可想见战斗之艰苦激烈，也可想见这漫长的时间中有一系列“白骨掩蓬蒿”式的壮烈牺牲。但是，金甲尽管磨穿，将士的报国壮志却并没有被消磨，而是在大漠风沙的磨炼中变得更加坚定。“不破楼兰终不还”就是身经百战的将士豪壮的誓言。

从闺中主妇的角度创作 批判战争破坏了人民和平安宁的生活，从思妇的角度写战争给人民带来的苦难，形成独特的边塞闺怨诗。如金昌绪的《春怨》：

打起黄莺儿，莫教枝上啼。

啼时惊妾梦，不得到辽西。

长年戍边的亲人还健康地活着吗？每天吃得饱吗？身上的棉衣能否御寒？这一切都让思妇担心、牵挂，而这些担心、牵挂无法得到排解，思念至极，心上人就不自觉地出现在梦里。妻子在梦中与思念的夫君相会，也是一种苦涩的幸福啊！难怪她要赶走可爱的黄莺鸟，这种无理而有情的动作正揭示了战争破坏了人民安宁的生活。这看似是一首抒写儿女情长的小诗，实则有深刻的时代内容，反映了当时兵役制下广大人民所承受的痛苦。

从旁观者的角度创作　或控诉战争的罪恶，或批评边将无能、腐败，或反对统治者的穷兵黩武。如杜甫的《兵车行》（节选）：

长者虽有问，役夫敢申恨？
且如今年冬，未休关西卒。
县官急索租，租税从何出？
信知生男恶，反是生女好。
生女犹得嫁比邻，生男埋没随百草。
君不见，青海头，古来白骨无人收。
新鬼烦冤旧鬼哭，天阴雨湿声啾啾！

这是一首反对唐玄宗穷兵黩武的政治讽刺诗。全诗以“道旁过者问行人”为界，分为两段：首段摹写送别的惨状，是记事；次段传达征夫的诉苦，是记言。此诗具有深刻的思想内容，借征夫对老人的答话，倾诉了人民对战争的痛恨和它所带来的痛苦。地方官吏在这样的情况下还要横征暴敛，百姓更加痛苦不堪。这是诗人深切地了解民间疾苦和寄予深刻同情的名篇之一。

再如高适的《燕歌行》中，用对比的手法展示了这样一幅画面："战士军前半死生，美人帐下犹歌舞。"一面是前线的战士浴血奋战，随时都有战死的可能；一面却是将领们纵情声色、歌舞升平。

从将士的角度创作 书写因长期戍边而产生的精神上的痛苦。如王昌龄的《从军行·其二》：

琵琶起舞换新声，总是关山旧别情。
撩乱边愁听不尽，高高秋月照长城。

这里的"边愁"有对现实的忧愁、建功立业的渴盼，更有离乡背井、抛妇别雏的痛楚以及无限的乡愁。

范仲淹的《苏幕遮》《渔家傲》也表达了因长期戍边又毫无结果而产生的思乡之情。"黯乡魂，追旅思，夜夜除非，好梦留人睡""酒入愁肠，化作相思泪""浊酒一杯家万里，燕然未勒归无计""人不寐，将军白发征夫泪"……这些都是表达思乡之情的典型诗句。

2. 常见意象

自然景物 秋月、雪山、塞草、大漠、孤城、落日、边关、黄河、长云、雨雪、风沙、碎石；

与战事相关的元素 铁骑、斗兵、将军、征人、金鼓、旌旗、刁斗（又名“金柝”）、羽书、烽火、戈矛剑戟、斧钺刀铩、雁飞鹰扬、箭飞马走；

地名及人名 （胡、羌、羯、夷指少数民族）碛西、轮台、龟兹、夜郎、金山、天山、阴山、受降城、长城、玉门关、榆关、瀚海、雪海、狼山、蓟北、边庭、边城、沙场、车（jū）师、关山、关西、安西、阳关、萧关、凉州、青海、金河、居延、楼兰、单于；

乐器 羌笛、琵琶、胡笳、芦管、角、鼓。

八、人生感慨诗

古人写诗，常因事而起，触景生情，抒发心中的感慨。如怀亲、送友、思乡、馈赠、人生感悟、闲情逸趣等，这类诗一般被称为人生感慨诗。从内容主题看，可分为如下几类：

怀才不遇 如陈子昂《登幽州台歌》：

前不见古人，后不见来者。
念天地之悠悠，独怆然而涕下。

这是一首吊古伤今的生命悲歌，从中可以看出诗人孤独遗世、独立苍茫的落寞情怀。此诗通过描写登楼远眺、凭今吊古所引起的无限感慨，抒发了诗人抑郁已久的悲愤之情，深刻揭示了封建社会中那些怀才不遇的知识分子遭受压抑的境遇，表达了他们在理想破灭时孤寂郁闷的心情。

满怀爱国热情，却不得重用 如陆游的《书愤》：

早岁那知世事艰，中原北望气如山。
楼船夜雪瓜洲渡，铁马秋风大散关。
塞上长城空自许，镜中衰鬓已先斑。
出师一表真名世，千载谁堪伯仲间。

全诗紧扣一“愤”字，分为两部分。前四句概括了作者自己青壮年时期的豪情壮志和战斗生活的情景，其中颔联撷取了两个最能体现“气如山”的画面来表现，不用一个动词，却境界全出，饱含着浓厚的边地气氛和高昂的战斗情绪。后四句抒发壮心未遂、时光虚掷、功业难成的悲愤之气，却不感伤颓废。尾联以诸葛亮自喻，不满和悲叹之情交织在一起，展现了诗人复杂的内心世界。

写作此诗时，陆游六十二岁。这分明是时不待我的年龄，而诗人被黜，只能赋闲在乡，想那山河破碎，中原未收而“报国欲死无战场”，感于世事多艰，小人误国而“书生无地效孤忠”，于是，郁愤之情便喷薄而出。“书愤”者，抒发胸中郁愤之情也。

时光流逝、沧海桑田的伤感 李清照的《如梦令·昨夜雨疏风骤》：

昨夜雨疏风骤，浓睡不消残酒，试问卷帘人，却道海棠依旧。知否，知否？应是绿肥红瘦。

作者以“浓睡”“残酒”写出了由夜至晨的时间变化和心理演变，然后一个“卷帘”点破了日曙天明，巧妙得当。然而，问卷帘之人却一字不提所问何事，只于答话中透露了谜底，真是绝妙工巧，不着痕迹。词人为花而喜、为花而悲、为花而醉、为花而嗔，实则是伤春惜春，以花自喻，慨叹自己的青春易逝。

贬官谪居的怨恨，仕途失意的苦闷　如白居易的《琵琶行》(节选)：

……

我闻琵琶已叹息，又闻此语重唧唧。

同是天涯沦落人，相逢何必曾相识！

我从去年辞帝京，谪居卧病浔阳城。

浔阳地僻无音乐，终岁不闻丝竹声。

住近湓江地低湿，黄芦苦竹绕宅生。

……

座中泣下谁最多？江州司马青衫湿。

此段写诗人贬官九江以来的孤独寂寞之感，感慨自己的身世，抒发与琵琶女同病相怜之情。二人都是从繁华的京城沦落到这偏僻之处，诗人的同情中饱含自叹不幸的情愫，“似诉生平不得志”的琵琶声也诉说着其心中的不平。诗人感情的波涛为琵琶女的命运所激动，发出了“同是天涯沦落人，相逢何必曾相识”的感叹，抒发了同声相应的情怀。

告慰平生的喜悦，追求豁达人生境界　如杜甫的《春夜喜雨》：

好雨知时节，当春乃发生。
随风潜入夜，润物细无声。
野径云俱黑，江船火独明。
晓看红湿处，花重锦官城。

诗人正在盼望春雨“润物”之际，雨下起来了，于是一上来就满心欢喜地叫“好”。接着，诗人倾耳细听，听出那雨在春夜里绵绵密密地下着，不求人知，只为“润物”，自然“喜”得睡不着觉。由于那雨“润物细无声”，诗人听不真切，生怕它停了，所以出门去看，只见雨意正浓，就情不自禁地想象天明以后春色满城的美景。诗文将其无限喜悦的心情表现得十分生动。

洁身自好，不与当权者合作　如李白的《梦游天姥吟留别》（节选）：

……
世间行乐亦如此，古来万事东流水。
别君去兮何时还？且放白鹿青崖间，须行即骑访名山。
安能摧眉折腰事权贵，使我不得开心颜！

最后一句点明了全诗的主题：对于名山仙境的向往是出

自对权贵的抗争，吟出了封建社会中无数怀才不遇者的心声。在等级森严的封建社会，有多少人屈身权贵？又有多少人埋没无闻？唐朝比之其他朝代是比较开明的，较为重视人才，但也只是“比较”而已。人才在当时仍摆脱不了“臣妾气态间”的屈辱地位。李白虽受帝王优宠，也不过是个词臣，在宫廷中受到的屈辱大约从这两句诗中可窥一斑。封建君主自称天子，君临天下，把自己提升到至高无上的地位，却抹杀了一切人的尊严。李白在这里所展示的决绝态度，是向封建统治者投去的一瞥蔑视。

伤春悲秋　如宋代晏殊的《浣溪沙·一曲新词酒一杯》：

一曲新词酒一杯，去年天气旧亭台。夕阳西下几时回？
无可奈何花落去，似曾相识燕归来。小园香径独徘徊。

花的凋落、春的消逝、时光的流逝，都是不可抗拒的自然规律，固然惋惜留恋，也无济于事，所以说“无可奈何”；然而这暮春天气中，所感受到的并不只是无可奈何的凋衰消逝，还有令人欣慰的重现，那翩翩归来的燕子就像去年曾在此处安巢的旧时相识。花落、燕归虽也是眼前景，一经与“无可奈何”“似曾相识”相联系，其内涵便变得非常广泛，意境非常深刻，带有美好事物的象征意味。惋惜与欣慰的交织中，蕴含着某种生活的哲理：一切必然要消逝的美好事物人们都无法阻止其消逝，但消逝的同时仍然有美好事物再现，生活不会因消逝而变得一片虚无。只不过，这种重现毕竟不等于美好事物原封不动地重现，只是“似曾相识”罢了，渗透在句中的是一种混杂着眷恋和惆怅的复杂感情。

九、民生疾苦诗

这类诗主要是揭露社会矛盾，反映民生疾苦，表现诗人对底层百姓的深切同情，同时也会反映社会离乱的现实，表达诗人对国家命运的担忧，等等。如北宋张俞的《蚕妇》：

昨日入城市，归来泪满巾。
遍身罗绮者，不是养蚕人。

诗人通过以养蚕为业的农妇入城卖丝的所见所感，借蚕妇之口揭示了触目惊心的社会现实，即“剥削者不劳而获，劳动者无衣无食”的现象，表现了诗人对劳动人民的同情、对统治阶级的压迫剥削的不满。

再如白居易的《卖炭翁》：

卖炭翁，伐薪烧炭南山中。
满面尘灰烟火色，两鬓苍苍十指黑。
卖炭得钱何所营？身上衣裳口中食。
可怜身上衣正单，心忧炭贱愿天寒。
夜来城外一尺雪，晓驾炭车辗冰辙。
牛困人饥日已高，市南门外泥中歇。

翩翩两骑来是谁？黄衣使者白衫儿。
手把文书口称敕，回车叱牛牵向北。
一车炭，千余斤，宫使驱将惜不得。
半匹红绡一丈绫，系向牛头充炭直。

这首诗以个别事例表现普遍状况，描写了一个烧木炭的老人谋生的困苦，通过卖炭翁的遭遇，深刻地揭露了“宫市”的腐败本质，对统治者掠夺人民的罪行给予了有力的鞭挞与抨击，讽刺了当时腐败的社会现实，表达了作者对下层劳动人民的深切同情，有很强的社会典型意义。另有杜甫的《石壕吏》为例：

暮投石壕村，有吏夜捉人。
老翁逾墙走，老妇出门看。
吏呼一何怒！妇啼一何苦！
听妇前致词：三男邺城戍。
一男附书至，二男新战死。
存者且偷生，死者长已矣！
室中更无人，惟有乳下孙。
有孙母未去，出入无完裙。
老妪力虽衰，请从吏夜归，
急应河阳役，犹得备晨炊。
夜久语声绝，如闻泣幽咽。
天明登前途，独与老翁别。

这首五言古诗通过作者亲眼所见石壕吏趁夜捉人的故事，揭露了封建统治者的残暴，反映了安史之乱引发的战争给广大人民带来的深重灾难，表达了诗人对劳动人民的深切同情。

十、哲理诗及其他

“哲理诗”一词来自西方，起源于古希腊。未创“哲理诗”之名前，有“说理诗”一说。哲理诗是一种通过对具体事物的描述、议论，来寄寓或阐发某种哲理的诗歌。它往往是把发人深省的哲理同富有特色的生活情趣及新颖鲜明的艺术形象熔铸一体，来服人以理、动人以情。有的哲理诗点明主题，有的含而不露，引人思考。这类诗内容深沉浑厚、含蓄隽永，篇幅短小精悍，中国古代哲理诗大多是四句的绝句。

古代哲理诗的演变经历了由断章散句到完章整篇的发展过程，如《诗经》中的哲理性篇章大都是断章散句，直至汉魏六朝，才真正出现完整成熟的作品。从创作实际看，魏晋以至明清，既有构思完整的哲理诗篇，也有大量散见于抒情、叙事、山水、咏古等诗体中的哲理散句。这些哲理散句大多形散而意足，形象独立而意义完整，因此无不具有独立的审美价值和认识意义。如《诗经》之“它山之石，可以攻玉”、陶潜之“连林人不觉，独树众乃奇”、杜甫之“会当凌绝顶，一览众山小”、刘禹锡之“沉舟侧畔千帆过，病树前头万木春”、元稹之“曾经沧海难为水，除却巫山不是云”、苏麟之“近水楼台先得月，向阳花木易为春”、苏轼之“孤山孤绝谁肯庐？道人有道山不孤”、陆游之“山重水复疑无路，柳暗花明又一村”、龚自珍之“落红不是无情物，化作春泥更护花”，等等。不过，中国古代哲理诗的艺术水平和艺术成就则主要体现在独立完整的哲理佳作中。

鉴赏这类诗歌不仅要感受诗中鲜活的艺术形象，还要把握诗人在诗中所寄寓的深刻认识，从而领悟诗歌所包含的人生哲理。

哲理诗可分为如下几类：

借景说理　与写景抒情类诗歌不同，此类诗歌中的景物描写往往是为了寄寓某种道理或为说理做铺垫。如朱熹的《观书有感》：

半亩方塘一鉴开，天光云影共徘徊。
问渠那得清如许？为有源头活水来。

诗人以池塘为喻，说明为学之道必须不断积累、不断吸收新的营养。事物都是运动、变化、发展的，万事万物只有在运动中才能保持自己的存在。正是这种不间断的运动、变化和发展，事物才能在不断自我更新中存在下去。运动一旦停止，事物也就不可能存在了。如果没有知识的不断更新、不断积累，一个人的学问也就会变成一潭死水，毫无生气和进展了。治学之道如此，办其他事情也是这样。

再如杨万里的《过松源晨炊漆公店》：

莫言下岭便无难，赚得行人空喜欢。
政入万山围子里，一山放出一山拦。

诗人借助景物描写和生动形象的比喻，通过写山区行路的感受，说明一个具有普遍意义的深刻道理：人们无论做什么事，都要对前进道路上的困难做好充分的估计，不要因一时一事的成功而陶醉。此诗明写登山的感受，实为探讨人生哲理：人们在取得一定成绩时，万万不可自得自满，而应不断进取。

借物说理 这类诗通常是借助某个具体事物的特定形象和某种特点，来寄寓某种道理。如欧阳修的《画眉鸟》：

百啭千声随意移，山花红紫树高低。
始知锁向金笼听，不及林间自在啼。

此诗前两句写景，景中寓理；后两句言理，情理兼容。诗人在再现良辰美景时，着意于将自己感悟到的理念不露痕迹地蕴含其间，从而表现出诗人对禁锢人才的憎恶与否定、对自由生活的热爱与向往。作者在晚年曾多次提出辞官，但均未获准，特作此诗以表达自己久居庙堂、羁鸟念林的愿望，也多少表现出一丝政治上失意的忧郁心情。

再如卢梅坡的《雪梅》：

梅雪争春未肯降，骚人阁笔费评章。
梅须逊雪三分白，雪却输梅一段香。

诗的前两句写梅雪争春，要诗人评判；后两句是诗人对梅与雪的评语。就洁白而言，梅比雪要差一些，雪却没有梅花的香味。诗的后两句巧妙地指出二者的长处与不足：梅不如雪白，雪没有梅香，回答了“骚人阁笔费评章”的原因，也道出了雪梅各执一端的根据。读完全诗，我们似乎可以看出作者写这首诗是意在言外的：借雪梅争春，告诫人们尺有所短、寸有所长，要有自知之明。另外，也让读者从中认识到，比较是认识事物的好方法，有比较才能有鉴别。

即事说理　这类诗通常借助具体的事情，并通过对其进行记叙、描述、议论，传达抽象而深刻的道理。如清人张英的《观家书一封只缘墙事聊有所寄》：

千里修书只为墙，让他三尺又何妨。
万里长城今犹在，不见当年秦始皇。

康熙年间，当朝宰相张英收到来自家乡安徽的书信，说他家人为三尺屋地跟邻居争吵起来，要求他出面帮助打官司。张英看信后只写了一首诗寄回，家人阅后，一场风波便平息了。全诗喻理警世：人生在世不过百年，点滴小利转眼即逝，何必为“三尺地”而败坏自己的品德！

再如陆游的《冬夜读书示子聿》：

古人学问无遗力，少壮工夫老始成。

纸上得来终觉浅，绝知此事要躬行。

首句是对古人刻苦钻研学问的赞扬，告诫自己的孩子面对学业应毫无保留，全力以赴；次句是说做学问的艰难；后两句更进一步指出实践经验的重要性。这首诗以思想性和哲理性取胜，使人在理性的思辨中受到教益。它蕴涵着深刻的哲理，即直接经验和间接经验是人们获取知识的两条途径。短短四句诗，读起来朗朗上口，且意境深远，余味无穷。

“情”代表情感。在古典诗词中，情感的体现往往是和题材紧密相连的。单从情感角度来说，大致可分为以下几种类型。

一、思乡念友之凄

大多数读者接触到的第一首思乡诗，便是李白的《静夜思》：

床前明月光，疑是地上霜。
举头望明月，低头思故乡。

这首诗写的是在寂静的月夜思念家乡的感受。前两句写诗人在作客他乡的特定环境中一刹那间所产生的错觉：一个独处他乡之人，白天奔波忙碌，倒还能冲淡离愁，然而一到夜深人静之际，心头就难免泛起阵阵乡愁，更何况是在月色如霜的秋夜。“疑是地上霜”中的“疑”字，生动地表达了诗人睡梦初醒，迷离恍惚中将照射在床前的清冷月光误作铺在地面的浓霜。“霜”字用得更妙，既形容了月光的皎洁，又表达了季节的寒冷，还烘托出诗人漂泊他乡的孤寂凄凉之情。

诗的后两句则是通过动作神态的刻画，深化了思乡之情。“望”字照应了前句的“疑”字，表明诗人已从迷蒙转为清醒，翘首凝望着月亮，不禁想起此刻故乡也正处在这轮明月的照耀下。于是自然引出“低头思故乡”的结句。“低头”这一动作描画出诗人完全处于沉思之中，而“思”字又给读者留下丰富的想象：家乡的父老兄弟、亲朋好友，家乡的一山一水、一草一木，逝去的年华与往事……无不在思念之中。一个“思”字所包含的内容实在太丰富了。

诗句中没有奇特新颖的想象，没有精工华美的辞藻，只是用叙述的语气写出远客思乡之情，然而它却意味深长、耐人寻味，千百年来广泛地吸引并打动着读者。

全诗从“疑”到“举头”、从“举头”到“低头”，形象地揭示了诗人的内心活动，鲜明勾勒出一幅生动形象的月夜思乡图，抒发了作者在寂静的月夜思念家乡的感受。这时，庭院是寂寥的，透过窗户的皎洁月光射到床前，带来了冷森森的秋宵寒意。诗人蒙眬地乍一望去，在迷离恍惚的心情中，真好像是地上铺了一层白皑皑的浓霜；可再定神一看，四周的环境告诉他，这不是霜痕，而是月色。月色不免吸引他抬头一看，一轮娟娟素魄正挂在窗前，秋夜的天空是如此明净，秋月分外光明，又分外清冷。对孤身远客来说，最容易触动旅思情怀，使人感到客况萧条，年华易逝。凝望月亮，也最容易使人产生遐想，想到故乡的一切，想到家里的亲人。想着，想着，头渐渐低了下去，完全浸入沉思之中。

再如王维的《九月九日忆山东兄弟》：

独在异乡为异客，每逢佳节倍思亲。
遥知兄弟登高处，遍插茱萸少一人。

王维是一位早熟的作家，少年时期就创作了不少优秀的诗篇。这首诗就是他十七岁时的作品。和其之后那些富于画意、构图设色非常讲究的山水诗不同，这首抒情小诗写得非常朴素。但千百年来，人们在作客他乡的情况下读这首诗，却都强烈地感到了它的力量。这种力量，首先来自诗文朴质、深厚和高度的概括。

开篇一句写出了诗人在异乡的孤独之感。短短的一句话中，诗人用了一个“独”字、两个“异”字，强烈的异地作客之感便昭然若揭，在外越是孤独，对家乡亲人的思念之情就越强烈。古时交通闭塞，人们都过着自给自足的生活，地域之间的往来较少，所以不同地方的人在风土人情、生活习惯、语言等方面有很大的差异，诗人离开生活多年的家乡，来到异地生活，自然感到陌生而孤单。诗人平淡地叙述自己身在异乡，其中却饱含着其质朴的思想感情。

平日里的思乡之情似乎不那么强烈，但是“每逢佳节倍思亲”。“佳节”本是亲人团聚畅谈欢笑的日子，而现在，在本该团圆的节日，诗人却只身客居异地，不禁想到家乡的人事、山水，种种回忆触发了其无限的思乡之情，且越想越思念，一发不可收拾。这句写得自然质朴，娓娓道来，也写出了许多在外漂泊游子的真切感受，很具有代表性。

思念家乡若此，念及友人亦是如此。如李白的《沙丘城下寄杜甫》：

我来竟何事？高卧沙丘城。
城边有古树，日夕连秋声。
鲁酒不可醉，齐歌空复情。
思君若汶水，浩荡寄南征。

首句“我来竟何事”是诗人自问，其中颇有几分难言的恼恨和自责意味。这会引起读者的关注，并造成悬念。“高卧沙丘城”中的“高卧”，实际上是指诗人闲居乏味的生活。这句话一方面描写了眼下的生活，一方面也回应了提出上述问题的原因。诗人不在沙丘“高卧”，只因为怀念杜甫这位友人。这凌空而来的开头将诗人那种友爱欢快的生活消失之后复杂苦闷的感情，以一种突发的方式表达了出来。

“城边有古树，日夕连秋声。”眼前的沙丘城对诗人来说，像是别无所见、别无所闻，只有城边的老树在秋风中日夜发出瑟瑟之声。“鲁酒不可醉，齐歌空复情”，此时此地、此情此景，非比寻常，酒也不能消愁，歌也无法忘忧。“鲁”“齐”是指当时诗人所在的山东。“不可醉”，即没有那个兴趣去痛饮酣醉。“空复情”，指诗人无意欣赏，歌声也只能徒有其情。这么翻写一笔，就大大地加重了抒情的分量，同时也逼出了下文。

汶水，发源于山东莱芜，西南流向。杜甫在鲁郡告别李白欲去长安，长安正位于鲁地的西南。所以，诗人说：“我的思君之情犹如这一川浩荡的汶水，日夜不息地紧随着你悠悠南行。”诗人寄情于流水，照应诗题，点明了主旨，那流水不息、相思不绝的意境，更造成了语尽情长的韵味。

这首诗是李白寓居沙丘怀念诗友杜甫时所作。此诗以景带出思念之情，言辞朴素无华，率性写出或行、或卧、或所见、或所感，絮絮叨叨皆入诗来，写得情深意长、凄怆感人，深刻地表现了两位伟大诗人的真挚友谊。

二、怀古伤今之悲

怀古伤今，一个“伤”字便涵盖了那种浓浓的落寞与悲伤。的确，诗人的情感是细腻的，他们追念过去的人、事、迹，感伤着现在，在此类诗中表达自己那种“悲”的情感。如苏轼的《念奴娇·赤壁怀古》：

大江东去，浪淘尽，千古风流人物。故垒西边，人道是，三国周郎赤壁。乱石穿空，惊涛拍岸，卷起千堆雪。江山如画，一时多少豪杰。

遥想公瑾当年，小乔初嫁了，雄姿英发。羽扇纶巾，谈笑间，樯橹灰飞烟灭。故国神游，多情应笑我，早生华发。人生如梦，一樽还酹江月。

上阕写景。“大江东去，浪淘尽，千古风流人物。”词一开篇，便以一泻千里、日夜东流的长江着笔，给人以突兀峥嵘、震惊耳目的感觉。“大江东去”四字概括出汹涌澎湃的万里长江向东流去的特点；“浪淘尽，千古风流人物”，即随着时光的流逝，千古以来的风流人物和他们的英雄事迹已成历史陈迹；这如同长江的浪花一样，带着他们那美好的形象和青春的生命直奔大海，再不回头。“故垒西边，人道是，三国周郎赤壁”中的“故垒”二字，写出了古代战场的遗址如在眼前；“西边”一词，点明方位，有亲临其境的真实感；“人道是”三字，借人云亦云的传说加以证实，深化“怀古”的感情色彩，使人倍感亲切；“三国周郎赤壁”由时代、人物、地点三个不同性质的名词，组成一幅历史风云的画卷，将“赤壁之战”的图景呈现于读者面前。“乱石穿空，惊涛拍岸，卷起千堆雪。”第一句写石，将陡峭峥嵘的石壁直插云天的险峻形象贴切地描绘了出来；第二句写涛，不但写出波涛粗野凶暴的性格，还描述了急流澎湃的气势，同时仿佛可以听到狂涛拍岸的吼声，看到它不可阻挡的威力；第三句写“拍岸”后的“惊涛”所展现的浪花飞溅的奇丽景象。这三句写景，真是字字珠玑、读来如历历在目。“江山如画，一时多少豪杰。”这两句是上、下阕转折的枢纽。“江山如画”是对上面所描写的雄伟江山的总括评价；“一时多少豪杰”虽是赞颂周郎，但也相当于讴歌了历代的无数英雄。诗人在这里把“如画”的江山和众多的“豪杰”连缀交织成词，创造出一种高尚隽美的意境，使人肃然起敬，并生出向往、为之倾倒。

下阕怀古。“遥想公瑾当年，小乔初嫁了，雄姿英发。”这三句描写周瑜风华正茂的形象。“小乔初嫁了”写入词中，非等闲笔墨。“小乔”是乔玄的小女，当时有名的美人。周郎与她结婚是在建安三年（公元 198 年），到赤壁之战之际，两人成为夫妇已经十年了。这里写“初嫁”，不是诗人的一时疏忽，而是着意渲染词的浪漫气氛，这对塑造“雄姿英发”的周郎形象起着稍加点染、全篇生色的艺术效果。“羽扇纶巾，谈笑间，樯橹灰飞烟灭。”周瑜手执羽扇，头戴纶巾，表明他虽为武将，却有文士的风度，以此突出其蔑视强敌的英雄气概；“谈笑间”三字，字字千斤，力透纸背，充分表现了周瑜当年赤壁破曹时那种举重若轻的神态；“樯橹”指曹操的军队，含有贬义；“灰飞烟灭”将火烧赤壁的情景和曹军覆灭的惨象逼真地再现出来，给读者留下难忘的印象。“故国神游，多情应笑我，早生华发。”作者的心神仿佛游到三国时代周瑜立功的地方，应笑自己多愁善感，早已生出白发来了。这三句是诗人抒发的感慨。上面怀古，这里抒情，这个情是由怀古而派生出来的。“人生如梦，一樽还酹江月。”以酒祭奠江月，这是诗人一种无可奈何的苦闷心情的反映，是有志为国而不能施展抱负的情绪的流露。这当然是封建统治者迫使作者以这样的方式来安慰自己被磨折、被损害的心灵的结果，多少隐含着对现实不满的感情。

这首词是苏轼四十七岁谪居黄州游赤壁时所写，通过对赤壁雄奇景色的描写，抒发了对古代英雄事迹的向往和自己不能建功立业、施展抱负的悲愤心情。

三、羁旅闺怨之愁

中国传统文化中，人们对“团圆”有着执着的向往，而偏偏太多的人因羁旅在外而无法享受到团圆的温馨。于是，这些羁旅在外之人便有了“愁”,在家等待之人则有了“怨”，这种复杂的情感也在很多诗作中有所体现。如孟浩然的《宿建德江》:

移舟泊烟渚，日暮客愁新。
野旷天低树，江清月近人。

这是一首刻画秋江暮色的诗作，是唐人五绝中的写景名篇。作者把小船停靠在烟雾迷蒙的江边，想起了以往的事情，因而以舟泊暮宿作为抒发感情的载体，写出了自己的羁旅之思。

“移舟泊烟渚”中的“移舟”就是移舟近岸之意；“泊”有停船夜宿的含意。行船停靠在江中一个烟雾朦胧的小洲边，这一面是点题，另一面为下文的写景抒情做了准备。

“日暮客愁新”中的“日暮”显然和上句的“泊”“烟”有联系，因为日暮，船需要停宿；也因为日落黄昏，江面上才水烟蒙蒙。同时，“日暮”又是“客愁新”的原因。也许在作者心中，本以为行船停下来可以静静地休息一夜，消除旅途的疲劳，谁知在这众鸟归林、牛羊下山的黄昏时刻，那羁旅之愁又蓦然而生。

第三、四句写出远处的天空显得比近处的树木还要低，“低”和“旷”是相互依存、相互映衬的。第四句写夜已降临，高挂在天上的明月倒映在澄清的江水中，和舟中之人是那么近，“近”和“清”也是相互依存、相互映衬的。这种极富特色的景物，只有人在舟上才能领略得到。这两句中的诗人好似怀着愁心，在这广袤而宁静的宇宙之中，经过一番上下求索，终于发现还有一轮孤月此刻和他如此亲近。寂寞的愁心似乎寻得了慰藉，诗也就戛然而止了。

此诗先写羁旅夜泊，再叙日暮添愁，最后写到宇宙广袤宁静，明月伴人更亲。一隐一现，虚实相间，两相映衬，互为补充，构成一个特殊的意境。诗中虽只有一个“愁”字，却把诗人内心的忧愁写得淋漓尽致。

羁旅之人有“愁”，闺中思妇同样有“愁”。如王昌龄的《闺怨》：

闺中少妇不知愁，春日凝妆上翠楼。

忽见陌头杨柳色，悔教夫婿觅封侯。

题称“闺怨”，一开头却说“闺中少妇不知愁”，似乎故意违反题面。其实，作者这样写正是为了表现这位闺中少妇从“不知愁”到“悔”的心理变化过程。丈夫从军远征，离别经年，照理说应该有愁。之所以“不知愁”，除了这位女主人公正当青春年少，还没有经历过多少生活波折，和家境比较优渥（从下句“凝妆上翠楼”可以看出）之外，根本原因还在于那个时代的风气。在当时的时代风尚影响下，“觅封侯”者和他的“闺中少妇”对这条生活道路充满了浪漫主义的幻想。从末句“悔教”二字看，这位少妇当初甚至还可能对夫婿“觅封侯”的行动起过一点推波助澜的作用。一个对生活、对前途充满乐观展望的少妇，在一段时间“不知愁”是完全合乎情理的。

第一句点出“不知愁”，第二句紧接着用春日登楼赏景的行动具体展示了她的“不知愁”。一个春天的早晨，她经过一番精心的打扮、着意的妆饰，登上了自家的高楼。春日凝妆登楼当然不是为了排遣愁闷，若是为了遣愁，又何必凝妆？可见这是为了观赏春色以自娱。这一句写少妇青春的欢乐，正是为下段青春的虚度、怨旷蓄势。

第三句是全诗转折。陌头柳色是最常见的春色，登楼览眺自然会看到它，“忽见”二字乍读似乎有些突兀，关键就在于这“陌头杨柳色”所引起的联想与感触和少妇登楼前的心理状态大不相同。“忽见”是不经意地流目瞩望而适有所遇，而所遇者——普普通通的陌头杨柳竟勾起她许多从未明确意识过的感触与联想。“杨柳色”虽在很多场合下可以作为“春色”的代称，但也可以联想起蒲柳先衰、青春易逝；联想起千里悬隔的夫婿和当年折柳赠别，这一切都促使她从内心深处冒出以前从未明确意识过而此刻却变得非常强烈的念头——“悔教夫婿觅封侯”。这也就是题目所说的“闺怨”。

本来要凝妆登楼，观赏春色，结果反而惹起一腔幽怨，变化发生得如此迅速而突然，仿佛难以理解。这首诗正是截取了生活中的一个横断面，抓住闺中少妇心理发生微妙变化的刹那，加以集中表现，细腻而含蓄地描写了闺阁女子幽怨的心理状态以及微妙的情感变化。

四、怀才报国之愤

说起中国历史上才子们的总体命运，有一个特别有趣的现象：他们大多都有过怀才不遇、壮志难酬、报国无门、仕途多舛的经历，因此，在他们的作品中，自然也就会充斥着一些愤慨之情。如陆游的《书愤》：

早岁那知世事艰，中原北望气如山。

楼船夜雪瓜洲渡，铁马秋风大散关。

塞上长城空自许，镜中衰鬓已先斑。

出师一表真名世，千载谁堪伯仲间！

全诗紧扣一“愤”字，可分为两部分：前半叙述早年决心收复失地的壮志雄心，后半感叹时不再来，壮志难酬。

“早岁那知世事艰，中原北望气如山。”当时，诗人亲临抗金一线，北望中原，收复故土的豪情壮志坚定如山。当英雄无用武之地时，他会回到金戈铁马的记忆中去。想当年，诗人北望中原，收复失地的壮心豪气有如山涌，却未曾想过杀敌报国之路竟会如此艰难。本以为，“我本无私，倾力报国，那么国必成全于我，孰料竟有奸人作梗、破坏，以至于屡遭罢黜？”诗人开篇自问，却问出几多郁愤。

“楼船”二句，写宋兵在东南和西北抗击金兵进犯之事，也概括了诗人过去游踪所至——三十七岁在镇江府任通判；乾道八年（1172 年），四十八岁的他又在南郑任王炎幕僚。陆游在军中时，有一次曾在夜间骑马过渭水，后来追忆此事，写下了“念昔少年日，从戎何壮哉！独骑洮河马，涉渭夜衔枚”（《岁暮风雨》）的诗句。他曾几次亲临大散关前线，也留下了“我昔从戎清渭侧，散关嵯峨下临贼。铁衣上马蹴坚冰，有时三日不火食”（《江北庄取米到作饭香甚有感》）的诗句。但是这年九月，王炎被调回临安，他的宣抚使府中幕僚也随之星散，北征又一次成了泡影。这两句概括的辉煌过去恰与“有心杀贼，无力回天”的眼前之景，形成鲜明对比。“良时恐作他年恨，大散关头又一秋。”（《归次汉中境上》）

想今日恢复中原之机不再，诗人心如泣血。

“塞上长城空自许，镜中衰鬓已先斑。”岁月不居，壮岁已逝，志未酬而鬓先斑，这在赤心为国的诗人是日夜为之痛心疾首的。陆游不但是诗人，还以战略家自居，可惜毕生未能一展其才。“切勿轻书生，上马能击贼”（《太息》）、“平生万里心，执戈王前驱”（《夜读兵书》）是他念念不忘的心愿。“塞上长城”句，借用南朝宋名将檀道济的典故明志，以此自许，可见其少时之磅礴大气：捍卫国家，扬威边地，舍我其谁。如今诗人壮志未酬的苦闷全悬于一个“空”字：大志落空，奋斗落空，一切落空，揽镜自照，却是衰鬓先斑、皓首皤皤。两相比照，满是悲怆。这一结局非诗人不尽志、不尽力所致，而是小人误事、世事磨人。作者有心而天不予，悲怆便化为郁愤。

“出师一表真名世，千载谁堪伯仲间！”尾联亦用典明志。诸葛坚持北伐，虽“出师一表真名世”，终归名满天宇，“千载谁堪伯仲间”。千载而下，无人可与之相提并论。很明显，诗人用典意在贬斥朝野上下主降的碌碌小人，表明自己恢复中原之志亦将“名世”。诗人在现实里找不到安慰，只好将渴求慰藉的灵魂放到未来，这自然是无奈之举。而其一腔郁愤也就只好倾泻于这无奈了。通过诸葛亮的典故，诗人追慕先贤的业绩，表明自己的爱国热情至老不移，渴望效法孔明，施展抱负。回看全诗，可见句句是愤、字字是愤，以愤而为诗，诗便尽是愤。

再如南宋词人辛弃疾的《永遇乐·京口北固亭怀古》：

千古江山，英雄无觅孙仲谋处。舞榭歌台，风流总被雨打风吹去。斜阳草树，寻常巷陌，人道寄奴曾住。想当年，金戈铁马，气吞万里如虎。

元嘉草草，封狼居胥，赢得仓皇北顾。四十三年，望中犹记，烽火扬州路。可堪回首，佛狸祠下，一片神鸦社鼓。凭谁问：廉颇老矣，尚能饭否？

这首词写于宋宁宗开禧元年，当时辛弃疾六十六岁。当时，韩侂胄执政，正积极筹划北伐，闲置已久的辛弃疾于前一年被起用为浙东安抚使；这年春初，又受命担任镇江知府，戍守江防要地京口。表面看，朝廷对他似乎很重视，实际上只不过是利用他那主战派元老的招牌作为号召而已。辛弃疾到任后，一方面积极布置军事进攻的准备工作；另一方面，又清楚地意识到政治斗争的险恶、自身处境的孤危，深感很难有所作为。他支持北伐抗金的决策，但对独揽朝政的韩侂胄轻敌冒进的做法又感到忧心忡忡。他认为应当做好充分准备，绝不能草率从事，否则难免重蹈覆辙，使北伐再次失败。辛弃疾的意见没有引起南宋当权者的重视，遂来到京口北固亭，登高眺望，怀古忆昔，心潮澎湃，感慨万千，写下了这首词。

该词上阕赞扬在京口建立霸业的孙权和率军北伐气吞胡虏的刘裕，表示作者要像他们一样金戈铁马为国立功；下阕借讽刺刘义隆表明自己坚决主张抗金，但反对冒进误国的立场和态度。全词豪壮悲凉、义重情深，彰显着爱国主义的思想光辉，抒发了作者深重的忧虑和一腔悲愤之情。

五、边塞征战之壮

不管哪朝哪代都有战争，自然也就需要有保边戍国的将士们。说起来非常伟大，什么奋勇杀敌、以身许国、建功立业等等，句句都是赞赏之词，但实际上我们只看到了表面风光，却没有留意背后的悲壮，那些真正在边疆守卫国土的将士们的心中又是怎样一种情感呢？

起初，此类诗歌中的情也是以高亢激荡的豪迈之情为主的，如《诗经·无衣》：

岂曰无衣？与子同袍。王于兴师，修我戈矛。与子同仇！
岂曰无衣？与子同泽。王于兴师，修我矛戟。与子偕作！
岂曰无衣？与子同裳。王于兴师，修我甲兵。与子偕行！

这是一首激昂慷慨、同仇敌忾的战歌，表现了秦国军民团结互助、共御外侮的高昂士气和乐观精神，其独特的矫健而爽朗的风格正是秦人爱国主义精神的反映。全诗共三章，采用了重章迭唱的形式，叙说着大敌当前、兵临城下之际，将士们以大局为重，与周王室保持一致，一听“王于兴师”，便磨刀擦枪、舞戈挥戟，奔赴前线共同杀敌的英雄主义气概。

到了唐代，国力强盛，这样格调高亢、情绪激荡的豪迈

之作就更多了。如中唐诗人卢纶的《塞下曲》:

月黑雁飞高，单于夜遁逃。
欲将轻骑逐，大雪满弓刀。

这是《塞下曲》组诗中的第三首，主要描写了守关将士夜追逃兵的情景。敌军首领带领着残兵败将，趁着风高月黑的夜晚慌乱溃逃。唐军轻骑列队而出，准备乘胜追击。虽然天寒地冻，将士们却不惧严寒，个个斗志昂扬、信心十足。全诗没有直接描写战斗的场面，但字里行间气贯长虹，让读者也跟着生发出一种豪迈的气概来。

战争是建功立业之事，战场却是奋力拼杀之地。这里没有花红柳绿、小桥流水，有的只是大漠孤烟、长河落日，没有卿卿我我、儿女情长，有的只是转瞬之间的生离死别。于是，随时为国捐躯的悲壮之情便穿插其中，让人印象最深的便是唐朝诗人王翰的《凉州词》:

葡萄美酒夜光杯，欲饮琵琶马上催。
醉卧沙场君莫笑，古来征战几人回?

酒筵上甘醇的葡萄美酒盛满夜光杯，正要畅饮时，马上琵琶也声声响起，仿佛催人出征。诗人以饱蘸激情的笔触，用铿锵激越的音调、奇丽耀眼的词语，定下开篇第一句——“葡萄美酒夜光杯”，犹如突然间拉开帷幕，在人们眼前展现出五光十色、琳琅满目、酒香四溢的盛大筵席。这景象使人惊喜、使人兴奋。

第二句以“欲饮”开头，渲染出这美酒佳肴盛宴的不凡，表现出将士们那种豪爽开朗的性格。正在大家“欲饮”未得之时，乐队奏起了琵琶，酒宴开始了。西域胡人是骑在马上弹奏琵琶的，而那急促欢快的旋律就像是在催促将士们举杯痛饮一样，使已经热烈的气氛顿时沸腾起来。

转入后半部分，则有了某种悲壮的情感在里面。如果醉卧在沙场上，也请你不要笑话，自古以来外出打仗的能有几人返回家乡？每每读到这里，眼前都会浮现出这样一幅画面：耳畔是阵阵欢快、激越的琵琶声，将士们兴致飞扬，你斟我酌，一阵痛饮之后，便有了醉意。也许有人想放杯了吧？这时，座中便有人高喊：“怕什么，醉就醉吧！就是醉卧沙场，也请诸位莫笑！”“古来征战几人回”一句说明大家早将生死置之度外了。在这里，诗人所要表达的是豪放、开朗、兴奋的感情，同样为我们展示了将士们视死如归的“壮”。在诸将士心中，已随时做好了“壮士一去兮不复还”的准备了吧！

自宋代开始，国力衰弱，大唐气象不复存在，知识分子的笔下，豪迈之气少了，悲凉之气多了，雄伟气魄少了，家国之愁多了。

六、即事抒怀之慨

自古以来，文人就是敏感的、多情的。古人写诗，也常因事而起，抒发心中的感慨，如怀亲、送别、思乡、郊游、访友、读书等，都可能有所触动，感悟人生。如唐代诗人司空曙的《江村即事》：

钓罢归来不系船，江村月落正堪眠。
纵然一夜风吹去，只在芦花浅水边。

此诗叙写一位垂钓者在深夜归来，连船也顾不得系就上岸就寝之事，描绘了江村宁静优美的景色，表现了钓者悠闲的生活情趣。

“钓罢归来不系船”写渔翁夜钓回来，懒得系船，而让渔船任意飘荡。“不系船”三字为全诗关键，以下诗句全从这三字生出。“江村月落正堪眠”上承起句，点明“钓罢归来”的地点、时间及人物的行动、心情。船停靠在江村，时已深夜，月亮落下去了，人也已经疲倦，该睡觉了，因此连船也懒得系。但是，不系船可能对安然入睡会有影响。这就引出了下文：“纵然一夜风吹去，只在芦花浅水边。”这两句紧承第二句，回答了上面担心的问题。“纵然”“只在”两个关联词前后呼应，一放一收，把意思更推进一层：且不说夜里不一定起风，即使起风，没有缆住的小船至多被吹到长满芦花的浅水边，也没有什么关系。这里，诗人并没有刻画幽谧美好的环境，而是通过“不系船”这样一件小事表现了江村的宁静幽美和主人公的悠闲安适，表达了诗人对生活随性的态度。

再如李白的《春夜洛城闻笛》：

谁家玉笛暗飞声，散入春风满洛城。

此夜曲中闻折柳，何人不起故园情。

这首诗是唐玄宗开元二十二年（734 年）或唐玄宗开元二十三年（735 年）李白游洛阳时所作。当时，诗人客居洛城，大概正在客栈里，夜深人静之时偶然听到笛声而有所感慨，为抒发思乡之情，遂写下此诗。

“谁家玉笛暗飞声”，意思是谁家的玉笛在静夜里悄悄地响起？诗人或许正在读书、闲坐，或做着其他的事，一曲笛声不期然响起，夜深人静更显得笛声清远而动听。他被吸引住了，循声望去，却辨不清笛声来自哪里。“玉笛”，指玉制的笛，或笛子美称，或羌笛的代称。

“散入春风满洛城”是说春风徐徐，笛声飘散在风中，风又吹送着笛声，飘满了洛阳城，让人想到“此曲只应天上有”。这一句虽带有艺术的夸张，却衬出笛声的动人、夜的安静。唯其如此，笛声才会在诗人的听觉与想象中飘满洛城，似乎其他的声音都不存在了，全城的人都在凝神静听。

“此夜曲中闻折柳”是说今夜缥缈的笛乐中，我听到了思乡怀亲的《折杨柳》。笛乐飘飘，如此动人，究竟吹的是什么曲子呢？“折柳”，即《折杨柳》，汉代横吹曲名，内容多写离别之情。《旧唐书·音乐志》载北朝流传的一首《折杨柳枝歌》云：“上马不捉鞭，反拗杨柳枝。下马吹横笛，愁杀行客儿。”历代文人仿作的《折杨柳枝歌》曲辞也都是抒发离愁别绪的。在这里，折柳既可理解为听到的是一首“折柳曲”，还可理解为在乐曲中听到了折柳的意绪。“柳”谐音“留”。古人送别亲友时，折柳相赠，暗示留恋、留念的意思。折柳既是一种习俗，也代表一个场景、一种情绪。古人还有折柳寄远的习惯，是盼远游亲人早归的意思。

“何人不起故园情”是说听到这笛声，谁不会动思乡之情呢？联系第一句看，这种游子怀念故园的感情最初可能是隐藏的、莫可名状的，因偶然听到的笛声突然明朗、强烈了起来。笛声来自何处？何人在吹？是和自己一般的游子，乐工，抑或歌妓？这些都让诗人和读者费疑猜，而又无须一一去探个究竟，因为思乡之情对游子来说，是共有的。它绵绵不绝，弥漫在夜空中，缠绕在游子心头，抹不去，化不开。“何人”一词概括性极强，实则是突出诗人的思乡之情。

本来只是听到一首乐曲，结果此时、此景、此曲完美结合在一起，营造出一种特殊的氛围，让作者不由抒发了心中的感慨，表达了自己对家乡浓浓的思念之情。

七、隐逸出世之恋

一般来说，在封建社会制度下，能在朝廷取得一官半职才是读书人的终极奋斗目标，但偏偏有人就是不喜欢为官，而是深深眷恋隐逸生活。当然，有人是天生喜欢隐逸生活，跟他们的性格与爱好有关，比如王维，全家都笃信佛教，连自己的字号都选自佛经，虽说其一生处于半官半隐的状态，但骨子里终究是一个佛系青年，所以才会在四十一岁那年选择辞官归隐。我们来看看他的这首《终南别业》：

中岁颇好道，晚家南山陲。
兴来每独往，胜事空自知。
行到水穷处，坐看云起时。
偶然值林叟，谈笑无还期。

这首诗意在极写隐居终南山之闲适怡乐、随遇而安之情。第一联叙述诗人中年以后就厌恶世俗而信奉佛教，第二联写自己的兴致和欣赏美景时的乐趣。第三联进入本诗的高潮，在山间信步闲走，不知不觉中已到了溪水尽头，似乎再无路可走，但诗人却感到眼前一片开阔，索性坐下，看天上的风起云涌。一切是那样的自然，山间流水、白云无不引发诗人无尽的兴致，足见其悠闲自在的心境。“行到水穷处”让读者体味到了“应尽便须尽”的坦荡；“坐看云起时”则在体味最悠闲、最自在的境界的同时，又能领略到妙境无穷的活泼。云，有形无迹，飘忽不定，变化无穷，绵绵不绝，因而给人以无心、自在和闲散的印象。陶潜有诗云“云无心以出岫”（《归去来兮辞》），而在佛家眼里，云又象征着“无常心”“无住心”。因此，“坐看云起时”还蕴藏着一种“应无所住而生其心”的禅机。简而言之，就是“空”。如果人能够抛下执着，像云般无心，就可以摆脱烦恼，得到解脱，得到自在。诗人在一坐一看之际，已经顿悟。再看这流水、白云，已是无所分别，达到了物我一体的境界。

最后一联写作者在山间偶然碰到了“林叟”，于是无拘无束地跟其尽情谈笑，以至于忘了时间。诗人淡逸的天性和超然物外的风采跃然纸上，与前面独赏山水时的洒脱自在浑然一体，使得全诗形成了一个完整的意境，进一步写出了作者悠闲自得的心情，也更凸显了其对隐逸出世生活的热恋。

也有人是后天的隐士，本也是一腔热血、满怀抱负，可当理想与现实发生剧烈碰撞时，他们才意识到自己的抱负在当时的现实条件下是实现不了的，于是为了保全自己的独立人格和自由意志，他们不得不选择另外一条道路，也就是隐居。赫赫有名的隐逸之士陶渊明就是这样的人。

如今一说起隐逸名士，人们的脑海里会立即浮现出“陶渊明”三字。其实，陶渊明原本是想做官的，少时就有济世之大志：“少时壮且厉，抚剑独行游。谁言行游近？张掖至幽州。”他也曾做过几次官。二十九岁便踏上仕途，做过祭酒、参军等小官，不仅无法施展自己的抱负，还经常要违心地和一些官场中人周旋，使得他对仕途前程有些灰心丧气。但为了生计，他还是经历了多次的仕而归、归而仕。四十一岁那年秋，陶渊明被封为彭泽县令，因受不了官场上的尔虞我诈、奴颜婢膝，才当了八十多天的县太爷，就愤而辞官归隐。他对自己曾经的大济苍生之望冷齿了。官场的腐败与骄奢淫逸令其深恶痛绝，又不愿同流合污，更是无能为力，只好选择逃避，选择从此隐居不仕。

陶渊明的脊椎似乎很硬，不愿为五斗米而弯。在彭泽县衙，他最后一次冷眼打量着公堂，把大印放在县衙的堂桌上，发出了几声讥笑，然后有点悲壮地大步走出来，走到阳光和清风中，走到那片贫瘠却诚实的土地上——他要回归山野的怀抱。看着迎风摇曳的萋萋芳草，看着林中的数株寒梅，他的胸襟慢慢旷达了。且看他的名作《归去来兮辞》：

归去来兮，田园将芜胡不归？既自以心为形役，奚惆怅而独悲？悟已往之不谏，知来者之可追。实迷途其未远，觉今是而昨非。舟遥遥以轻飏，风飘飘而吹衣。问征夫以前路，恨晨光之熹微。

乃瞻衡宇，载欣载奔。僮仆欢迎，稚子候门。三径就荒，松菊犹存。携幼入室，有酒盈樽。引壶觞以自酌，眄庭柯以怡颜。倚南窗以寄傲，审容膝之易安。园日涉以成趣，门虽设而常关。策扶老以流憩，时矫首而遐观。云无心以出岫，鸟倦飞而知还。景翳翳以将入，抚孤松而盘桓。

归去来兮，请息交以绝游。世与我而相违，复驾言兮焉求？悦亲戚之情话，乐琴书以消忧。农人告余以春及，将有事于西畴。或命巾车，或棹孤舟。既窈窕以寻壑，亦崎岖而经丘。木欣欣以向荣，泉涓涓而始流。善万物之得时，感吾生之行休。

已矣乎！寓形宇内复几时？曷不委心任去留？胡为乎遑遑欲何之？富贵非吾愿，帝乡不可期。怀良辰以孤往，或植杖而耘耔。登东皋以舒啸，临清流而赋诗。聊乘化以归尽，乐夫天命复奚疑！

这篇辞赋可说是一篇脱离仕途回归田园的宣言。这篇文章作于作者辞官之初，叙述了他辞官归隐后的生活情趣和内心感受，表现了他对官场的认识以及对人生的思索，表达了其洁身自好、不与世俗同流合污的情操，抒发了由仕途折回的喜悦以及对田园生活的向往与热恋。

八、吟山咏水之美

世界那么大，我想去看看！

不管我们在生活中有着怎样的抱负，在面对山水之美时，总可以在一瞬间忘记尘世的烦忧，难怪现在的人才那么想要出去走走，看看名山大川，更换一下心情。今人如此，古人更是如此。如李白的《望庐山瀑布》：

日照香炉生紫烟，遥看瀑布挂前川。
飞流直下三千尺，疑是银河落九天。

这是李白五十岁左右隐居庐山时写的一首风景诗。这首诗形象地描绘了庐山瀑布雄奇壮丽的景色，反映了诗人对祖国大好河山的无限热爱。

首句“日照香炉生紫烟”中的“香炉”指庐山的香炉峰。此峰在庐山西北，形状尖圆，像一座香炉。由于瀑布飞泻、水气蒸腾而上，在丽日照耀下，仿佛有座顶天立地的香炉冉冉升起了团团紫烟。一个“生”字把烟云冉冉上升的景象写活了。此句为瀑布设置了雄奇的背景，也为下文直接描写瀑布渲染了气氛。次句“遥看瀑布挂前川”中，前四字照应了题目《望庐山瀑布》，“挂前川”是说瀑布像一条巨大的白练从悬崖直挂到前面的河流上。“挂”字化动为静，惟妙惟肖地写出遥望中的瀑布。

这两句概写了望中全景：山顶紫烟缭绕，山间白练悬挂，山下激流奔腾，构成一幅绚丽壮美的图景。

第三句“飞流直下三千尺”一笔挥洒，字字铿锵有力。“飞”字把瀑布喷涌而出的景象描绘得极为生动；“直下”既写出山之高峻陡峭，又可以得见水流之急，那高空直落、势不可挡之状如在眼前。紧接着一句“疑是银河落九天”，惊人魂魄。“疑是”值得细味，诗人明明说得恍恍惚惚，读者也明知不是，但又都觉得只有这样写，才更为生动、逼真，其奥妙就在于诗人前面的描写中已孕育了这一形象。巍巍香炉峰藏在云烟雾霭之中，遥望瀑布就如从云端飞流直下，临空而落，这就使人自然联想到像是一条银河从天而降。可见，“疑是银河落九天”一喻虽是奇特，但在诗中并非凭空而来，而是在形象的刻画中自然地生发出来的。诗人对山水之美的描绘便也自然而然地达至顶峰了。

再如王维的《山中》:

荆溪白石出，天寒红叶稀。

山路元无雨，空翠湿人衣。

以诗人山行时所见所感，描绘了初冬时节的山中景色。“荆溪白石出”主要写山中溪水。山路往往傍着溪流，山行时很容易首先注意到蜿蜒曲折、似乎与人做伴的清溪。天寒水浅，山溪变成涓涓细流，露出磷磷白石，显得特别清浅可爱。

“天寒红叶稀”主要写山中红叶。绚烂的霜叶红树，本是秋山的特点。入冬天寒，红叶变得稀少，这原是不大引人注目的景色。但对王维这样一位对大自然的色彩极为敏感的诗人兼画家来说，在一片浓翠的山色背景中，这里那里点缀着的几片红叶，有时反倒更为显眼。它们或许会引起诗人对刚刚逝去的绚烂秋色产生遐想呢！所以，这里的“红叶稀”并不给人以萧瑟凋零之感，而是引起对美好事物的珍重和留恋。

“山路元无雨，空翠湿人衣”主要写初冬时节的山中全貌。本应是萧瑟枯寂的冬季，可此处山中仍是苍松翠柏、蓊郁青葱，山路就盘桓于无边的浓翠之中。苍翠的山色本身是空无的，不像有形物体那样可以触摸得到，所以说是“空翠”。“空翠”自然不会“湿衣”，但它是那样的浓，浓得几乎可以溢出翠色的水分，浓得几乎使空气中都充满了翠色的分子。人行“空翠”之中，就像被笼罩在一片翠雾之中，整个身心都受到它的浸染、滋润，而微微感觉到一种细雨湿衣般的凉意，所以尽管“山路元无雨”，却自然感到“空翠湿人衣”了。这是视觉、触觉、感觉的复杂作用所产生的一种似幻似真的感受、一种心灵上的快感。“空”字和“湿”字的矛盾，也在这种心灵上的快感中统一了起来。

这幅由小溪、白石、鲜艳的红叶、山间小路、无边的浓翠组成的山中冬景，色泽斑斓鲜明，富于诗情画意，没有一丝一毫的萧瑟枯寂。全诗意境空蒙，如梦如幻，美丽至极。

九、描花绘鸟之趣

生活中，我们看到一些花鸟鱼虫，总会生发出某些感想，古人亦如此。只不过，古诗中的花鸟虫鱼背后，往往另有深意，有的反映的是作者的爱好，有的却藏着作者的一段经历，大多是托物言志之作。比如白居易的《大林寺桃花》：

人间四月芳菲尽，山寺桃花始盛开。
长恨春归无觅处，不知转入此中来。

诗的开首两句是写诗人登山时已届孟夏，正属大地春归、芳菲落尽的时候，但不期在高山古寺之中，又遇上了意想不到的一片始盛的桃花之景。从后面紧跟的“长恨春归无觅处”

一句可以得知，诗人在登临之前就曾为春光的匆匆不驻而怨恨、恼怒、失望。因此，当这始所未料的一片春景冲入眼帘时，该是令他感到多么的惊异和欣喜！第一句中的“芳菲尽”与第二句的“始盛开”，在对比中遥相呼应。二者字面上是记事写景，实际上也是在写感情和思绪上的跳跃——由一种愁绪满怀的叹逝之情突变到惊异、欣喜，以致心花怒放。而且在首句开头，诗人着意用了“人间”二字，这意味着这一奇遇、这一胜景给诗人带来一种特殊的感受，仿佛从人间的现实世界突然步入一个仙境，置身于非人间的另一世界。

正是在这一感受的触发下，诗人想象的翅膀飞腾了起来。“长恨春归无觅处，不知转入此中来。”诗人想到自己曾因惜春、恋春，以致怨恨春去的无情，谁知却是错怪了春，原来春并未归去，只不过像小孩子捉迷藏一样，偷偷躲到这块地方来，罢了。

诗中既用桃花代替抽象的春光，把春光写得具体可感、形象美丽；还把春光拟人化，将其写得仿佛生了脚似的，可以转来躲去。不，岂止是有脚，看它简直还颇具顽皮有趣的性格呢！在这首短诗中，自然界的春光被描写得如此生动具体、天真可爱、活灵活现，如果没有对春的无限留恋、热爱，没有一片童心，诗人是写不出来这种趣味的。

再如欧阳修的《画眉鸟》：

百啭千声随意移，山花红紫树高低。

始知锁向金笼听，不及林间自在啼。

前两句写景：画眉鸟千啼百啭，一高一低，舞姿翩翩，衬得姹紫嫣红的山花更是赏心悦目。后两句抒情：看到那些关在笼里的鸟儿，真羡慕飞转于林间的画眉鸟，自由自在，无拘无束。这里要了解的是，欧阳修此时因在朝中受到排挤而被贬到滁州，写作此诗的心情也就可想而知了。他写画眉实是写自己，画眉鸟百啭千声所表达的是归隐山林、不受羁绊的心曲。看山花烂漫、叶木葱茏，金带紫袍便显得微不足道，无限的欣喜快慰如山间清流泻出，洗尽俗尘，只余下悦耳的音韵流转。种种趣味，深蕴其间。

"人"代表的是人物形象、品质，主要包含诗人形象和他人形象（诗人塑造的主人公形象）两大类。

一、诗人形象

诗中的诗人形象——"我"，一般指的就是抒情主人公，即诗人自己。根据诗歌中作者的描述，大致可从以下几个方面来简单区分一下。

1. 不慕权贵、豪放洒脱、傲岸不羁的形象

看到这样的文字描述，我们脑海中首先想到的应该就是李白。在大唐灿若繁星的诗人中，李太白是唯一被人们誉为既有侠肝义胆，又有仙风道骨的浪漫主义诗人。其传奇的一生、豪放飘逸的诗风，确实给人们留下极为深刻的印象，以至于我们一说起李白，便可以想见一个卓尔不群的诗仙形象。

迄今为止，无论是研究者笔下的李白，抑或活在常人心

中的李白，都不外乎此。之所以会有这样的印象，是因为李白本人在诗作中呈现给人们的就是这样一个傲岸不羁、豪放自负的形象。如这首《梦游天姥吟留别》：

海客谈瀛洲，烟涛微茫信难求；
越人语天姥，云霞明灭或可睹。
天姥连天向天横，势拔五岳掩赤城。
天台四万八千丈，对此欲倒东南倾。
我欲因之梦吴越，一夜飞度镜湖月。
湖月照我影，送我至剡溪。
谢公宿处今尚在，渌水荡漾清猿啼。
脚著谢公屐，身登青云梯。
半壁见海日，空中闻天鸡。
千岩万转路不定，迷花倚石忽已暝。
熊咆龙吟殷岩泉，栗深林兮惊层巅。
云青青兮欲雨，水澹澹兮生烟。
列缺霹雳，丘峦崩摧。
洞天石扉，訇然中开。
青冥浩荡不见底，日月照耀金银台。
霓为衣兮风为马，云之君兮纷纷而来下。
虎鼓瑟兮鸾回车，仙之人兮列如麻。
忽魂悸以魄动，恍惊起而长嗟。
惟觉时之枕席，失向来之烟霞。
世间行乐亦如此，古来万事东流水。

别君去兮何时还？且放白鹿青崖间。须行即骑访名山。

安能摧眉折腰事权贵，使我不得开心颜！

唐玄宗天宝三载（744 年），李白出翰林之后，在长安受到权贵排挤，被放出京，返回东鲁（在今山东）家园。之后，他再度踏上漫游的旅途。这首描绘梦中游历天姥山的诗，大约作于他即将离开东鲁南游吴越之际。

李白早年就有济世的抱负，但不屑于经由科举登上仕途，因此他漫游全国各地，结交名流，以此广造声誉。唐玄宗天宝元年（742 年），李白的道士朋友吴筠向玄宗推荐李白，玄宗于是召他到长安来。李白对这次长安之行抱有很大希望，在给妻子的留别诗《别内赴征》中写道："归时倘佩黄金印，莫学苏秦不下机。"初到长安，李白也曾有过短暂的得意，但他一身傲骨，不肯与权贵同流合污，又因得罪了权贵，及翰林院同事进谗言，连玄宗也对他产生不满。他在长安仅住了一年多，就被玄宗赐金放还，原先那个由布衣而卿相的梦幻从此彻底破灭。这是李白在政治上的一次大失败。离开长安后，他曾与杜甫、高适游梁、宋、齐、鲁等地，又在东鲁家中居住过一段时期。这时，东鲁的家已颇具规模，他尽可在家中怡情养性，以度时光，可是李白没有这么做。他有一个不安定的灵魂，有更高更远的追求，便离别了东鲁家园，又一次踏上漫游的旅途。这首诗就是他告别东鲁朋友时所作，所以又题作"梦游天姥山别东鲁诸公"。

诗歌末两句"安能摧眉折腰事权贵，使我不得开心颜"

一吐身居长安三年的郁闷之气。这天外飞来之笔，点亮了全诗的主题——对于名山仙境的向往，是出之于对权贵的抗争，唱出了封建社会中多少怀才不遇之人的心声！在等级森严的封建社会中，多少人屈身权贵，多少人埋没无闻！即便在唐朝这样比较开明的时代，人才仍摆脱不了“臣妾气态间”的屈辱地位。李白在这里所表示的决绝态度，是向封建统治者投去的轻蔑一瞥。在封建社会，敢于这样想、这样说的人并不多。李白说了，也做了，这是他异乎常人的伟大之处。诗歌呈现出一种坚决不妥协的精神和强烈的反抗情绪，让人看到一个不慕权贵、豪放洒脱、傲岸不羁的游士形象。再看他的《独坐敬亭山》:

众鸟高飞尽，孤云独去闲。
相看两不厌，只有敬亭山。

众鸟飞尽，孤云独闲，山静而空，作者与群山相看两不厌，勾勒出一个与世无争、自由而闲适又有点孤傲的诗人形象。他从自然中寻求快乐，并忘怀了得失。

2. **心忧天下、忧国忧民的志士形象**

杜甫是此类诗人形象的代表。且看“安得广厦千万间，大庇天下寒士俱欢颜。风雨不动安如山”。诗人并不仅仅停留在个人的哀怨中，而能推己及人，展现了其忧国忧民的爱国情怀。杜甫乃一代“诗圣”，他的一生作诗无数，大多是描述现实社会的。他看到了人民的疾苦、百姓的无奈、官员的剥削和权贵的压迫，种种情景、种种无奈，尽在杜甫眼中，他记在心里，落在诗里，以至于世世代代流传下来，让我们看到一段段真实的历史，也因此，其诗作被称为“诗史”。

杜甫幼时善于学习，在优越的家庭背景下，得到了很好的教育，七岁便能作诗，其聪明才智赢得了很多人的称赞。但事与愿违，他在科举考试中遭奸人挡道，屡试不第，政治理想和个人才华得不到施展，满腔热血却只落了个悲愤无奈，被困长安，穷困潦倒，颠沛流离。如此境遇非但没有击倒杜甫，反而更加调动起他的爱国情怀，令他越发忧国忧民起来。有人说他是太愚蠢，自己都吃不饱穿不暖，却还关心别人的生活，那是他们不了解杜甫，他的行为若是愚蠢，又为何会名垂千古，他的诗又为何被人们反复吟诵？

如果杜甫生在一个和平公正的年代，他必定会为国家做出巨大的贡献，但他的一生却如此不幸，正值朝代由盛转衰，人民生活在水深火热之中，后又遇上安史之乱。时代的不幸使当时的人们身世浮沉，漂泊不定。但杜甫明智地选择了以天下为己任，同情天下疾苦之人，一首《茅屋为秋风所破歌》就将他的高尚品怀表达得淋漓尽致。他的诗大多数都是沉重的现实描绘和意味深刻的个人见解，作品基调都是沉重的，但也不乏慷慨激昂、狂放不羁的言语，长期的压迫偶尔发泄一下也是人之常情，所以说，杜甫只是一个寻常之人，其一生坎坷，却忧国忧民，这正是作为常人的伟大之处，值得我们敬仰。

3. 寄情山水、归隐田园的隐者形象

一说起隐者，当首推陶渊明。

“采菊东篱下，悠然见南山”展现的是悠游自在的隐居生活，表现出诗人对官场的厌恶、对田园的喜爱。陶渊明是一个真正的隐者，具有隐者的品质。他淡泊名利，也不为五斗米而折腰，即使困苦，依然保持着高风亮节。陶公从小接受的是道家思想，这就为其之后的归隐山林埋下了伏笔。他好像不同于其他怀才不遇的诗人，而是本就厌倦官场，不习惯宦海生活。每次进入仕途不久，他便辞官回家。用现在的话来说，不是他被炒鱿鱼，而是他炒了老板的鱿鱼。这也是一个不同寻常之人啊！在又一次任职后，他开始犹豫，认为在拥有鸿鹄之志的同时，自己还极度向往着田园生活。他在官途与田耕之间一次又一次地进行着激烈的思想斗争，最终还是选择了田园生活。从此，便一直归隐，不曾回归仕途，亦开始了自己的种植经历。或许种的粮食并不尽如人意，甚至都解决不了基本的温饱问题，可这也无法阻碍他向往自然的决心，想来这就是“真爱”吧！

归隐之后，陶渊明也开始了大量的创作，所写作品大多是田园诗歌。他对劳动人民的淳朴品质充满了赞赏之情，因而其诗文也大多是淳朴自然，非常接地气的。但在久而久之的相处中，他也发现劳动人民的生活并不幸福，高额的赋税让一整年的努力都满足不了自身的温饱。因而，陶渊明对这些人也饱含着深深的同情。

虽然决心归隐，但有时难免还会感怀自己的际遇。因此，

陶渊明也会创作一些怀古诗借以抒发内心的不满。这表明陶渊明实则也是一个心怀天下之人，他渴望社稷祥和、百姓安康，可面对当时浑浊的政治现状，亦有很多无奈与苦闷。但至少陶渊明尚能爱惜羽毛，未曾与贪官同流合污。他固然喜欢自然，可若政治清明，一个有志之士又怎会放弃自己的抱负呢？他的归隐，多多少少都包含了一些无奈吧！他只能将那些对美好生活的向往、对百姓不幸遭遇的同情融入诗作，心里该是怎样的落寞呢！

另一个比较著名的隐者，就是盛唐山水田园诗人的代表王维。

王维出生在一个封建官僚家庭。他年少多才，诗文、书画、音律皆通，二十一岁即中进士。开元九年（721 年）春，王维任太乐丞，负责音乐、舞蹈的教习排练事务。后因下属伶人舞黄狮犯忌讳，而受牵连被贬。同年秋，他被贬为济洲司仓参军，这是其仕途上遭受的第一次挫折。之后，他感受到了官场险恶，因职卑位低、政治失意，便生出了归隐山林的念头，不久便弃官隐居。

开元二十二年（734 年），张九龄出任中书令，慧眼识英才，次年将三十五岁的王维提拔为右拾遗，主要职责是向皇帝进谏和举荐贤良。王维作有《献始兴公》诗，称颂张九龄反对植党营私和滥施爵赏的政治主张。开元二十五年（737 年），张九龄罢相，朝政大权落到口蜜腹剑的李林甫手中。李林甫忌恨文学之士，王维于文坛享有盛名，又是李林甫政敌张九龄一手提拔之人，因此，王维担心随时会遭到暗算。

令人出乎意料的是，王维的官职得到了升迁，迁河西节度府，任监察御史兼节度判官。虽保住了性命，王维却被逐出了权力中心。昔日的政治热情和思想均发生了极大的变化，之后，他开始隐居，由前期的向往开明政治，希望有所作为进而转入后期的日趋消极，作品的内容也由对现实生活的描写与对社会不满、揭露转变为写一些田园山水的诗作。

四十岁是王维前后思想的分界线。开元二十八年（740年），不惑之年的他疲于官场喧嚣、应酬，厌倦官场生活的尔虞我诈，开始过着亦官亦隐的生活。正如他自己所说，一切为“无可无不可”，这种消极的人生观支配着他后期思想与诗歌的创作，所以，这时候的王维纵情山水、陶醉山水，给我们留下了许多赞美山水田园的闲适诗作。

在中国诗歌史上，被尊称为“诗佛”的王维，字摩诘，名与字合起来就是佛家著名的菩萨——“维摩诘”。由此可见，佛禅对其人生影响之深。王维生活在一个佛教盛行的时代，幼年丧父，母亲崔氏是一个虔诚的佛教徒，在母亲及周围人的影响下，王维一生结识过许多僧人，接触到了各种佛教宗派思想，精通佛法佛理，尤对禅宗体悟更深。在面对新的仕途挫折时，深受佛教影响的王维认为，世上的一切事物都是虚幻不实的，一切都是空的。同时，他还受到儒家、道家思想的影响，将自己的情趣融于山水间，于山水间寄托自己的高洁情怀和对理想的追求。

王维的隐逸有其独到之处，他既没有把隐逸当成入仕的捷径，也没有冲出官场的樊笼而真正返归自然，他用自己的人生哲学调适好了自然与官场的矛盾。

4. 怀才不遇、壮志难酬的志士形象

此中代表人物为陈子昂。《登幽州台歌》写下前不见圣贤之君，后不见贤明之主，想起天地茫茫悠悠无限，不觉悲伤地流下眼泪，塑造了一个空怀报国为民之心，却不得施展的怀才不遇的知识分子形象。

陈子昂是唐代初年的著名文学家，是一个具有政治见识和政治才能的文人。但他生性耿直，常常直言不讳地抨击时政，为此，权贵阶级非常不喜欢他。武则天虽赏识他的忠义，但也并没有重用他，还将其打发到了边疆去。

万岁通天元年（696 年），契丹人进犯边疆。武则天派遣著名的草包将军武攸宜率军征讨，陈子昂随军参谋。武攸宜出身亲贵，对军事一窍不通，草率鲁莽，导致前军大败。关键的时候，陈子昂请求随军出征。武攸宜认为陈子昂只是一介书生，便拒绝了他。陈子昂不死心，几天后再次进谏，结果惹怒了武攸宜。武攸宜将陈子昂贬为军曹。陈子昂的满腔热血霎时降到冰点，情绪悲愤到了极点，因此登上蓟北楼，慷慨悲吟，写下了这首《登幽州台歌》：

> 前不见古人，后不见来者。念天地之悠悠，独怆然而涕下。

诗人登上幽州台，眼前不由浮现起那个群雄崛起、风云际会的春秋战国。燕赵固多慷慨悲歌之士，诗人眼前的土地

曾经活跃着燕昭王、乐毅等一批杰出的人才。燕昭王千金市骨，筑黄金台招贤纳士。君臣相互欣赏，可谓圣贤相逢。只是，这美好的时光，诗人没有遇到。于是就有了“前不见古人”的感慨，感叹自己没有赶上英雄有用武之地的时代。诗人对那个君臣际会的时代无限神往和钦佩。

英雄辈出、风云际会的时代以后也许还有。诗人在另外一首诗《郭隗》中感叹道：“逢时独为贵，历代非无才！”中国自古就不缺人才，只是缺少发现人才的伯乐，更缺少英才辈出的大时代。只是像燕昭王那样激动人心的时代，恐怕是再也遇不到了。于是，诗人发出“后不见来者”的沉痛感慨。

接着，诗人将思绪拉回到眼前。面对这苍茫空旷的天地和原野，他不由感慨韶华易老、时光难留，不由怅然泪流。无限的时空给诗人无限的压力，其孤独失意、怀才不遇、愤世嫉俗在此刻体现得淋漓尽致。

三国时期的阮籍曾在游览楚汉相争的战场时感慨：“时无英雄，使竖子成名！”生不逢时，怀才不遇，是每个有理想的人最大的悲伤和无奈。而陈子昂的悲伤远胜阮籍，这样有才华之人却被玩弄权术的小人所压制，没有希望，只有绝望！

这首诗没有对幽州台做一字描写，只是写登台的感慨，却成为千古名篇。只因陈子昂用自己切身的经历对怀才不遇进行了最完美的诠释！

5. 矢志报国、愤世嫉俗的志士形象

说起这个形象，就不得不提辛弃疾。

读辛弃疾的词，不难发现这人就像一个愤青，诗词于豪迈中流露着一种愤怒、一种愤世嫉俗的情绪、一种想要爆发却又无处使力的无奈。人们能够很直观地感受到辛弃疾在创作这些诗词的时候，就像一匹躁动不安的野马——他想要狂奔，想要自由，却无奈地被一条缰绳给拴住，只好通过嘶鸣、踩来踩去的脚步发泄内心的焦虑、愤怒和感伤。

然而，就是这么一位忧愤交加的爱国人士，却也能写出“明月别枝惊鹊，清风半夜鸣蝉”这样宁静的词句。其实，这反而照应的是其内心那激荡涌动的爱国热情。

如果要推选一位最能代表宋朝“伤痕文学”的文人，那么非辛弃疾莫属。这位文武双全，且坚定地支持收复北方的主战派在现实生活中，却遭遇了非常矛盾的痛苦。由于整个宋朝的政治被孱弱的文人阶层所把持，主战派因而难以有所作为。尤其在岳飞以“莫须有”的罪名被冤杀后，南宋的政治现实更加黑暗，更加难以改变，这就促成了悲愤的情感在南宋内部形成。

而在北方金人统治下成长起来的辛弃疾目睹了汉人遭到残暴统治和对待的现实后，坚定了要收复北方的决心。他年轻时曾率领五十多人闯人数万人的敌营中捉拿叛徒，由此声名大震。因此得到宋高宗的赏识后，原本以为自己能够带领军队杀回北方的辛弃疾，却在他此后的仕途中几经沉浮，始终没有完成自己收复失地的心愿。这种残酷的现实给辛弃疾

带来了巨大的痛苦和失落，“靖康之耻”就像一根刺时刻刺痛着像他这样渴望收复北方的仁人志士。

满腔爱国之心和政治理想难以在现实中得到施展，辛弃疾只好把渴望国家统一、收复北方、一雪前耻的愿望付诸自己的词作之中，因此，在他的词作中不可避免地弥漫着高亢的个人情绪以及浓重的情感意识。譬如他在《兰陵王·恨之极》中写道“恨之极，恨极销磨不得。苌弘事，人道后来，其血三年化为碧”，以抒发自己在政治上遭受排挤的愤恨心情。他的这些情感意识都是极为炽烈的豪放范儿，和李清照把“靖康之耻”带来的痛苦局限在个人身世和遭遇上不同，他的豪放气概已升华到一种民族和国家意识上来了。

这种痛苦和失落的情感基础当然是渴望国家统一、雪洗国耻的愿望破灭后的表现，所以也就不难理解辛弃疾的词作中为什么总是弥漫着一股悲愤的情感意识。而作为坚定的主战派，这几乎也让辛弃疾难以在宋朝政治中有所发展。

6. 友人送别、思念故乡的形象

此处所说的是两个类型：一是友人送别时的诗人，如李白的《赠汪伦》；另一个是思念故乡的诗人，如王维的《九月九日忆山东兄弟》。

先来看看送别时的诗人会呈现一种怎样的状态吧！请看这首《赠汪伦》：

李白乘舟将欲行，忽闻岸上踏歌声。
桃花潭水深千尺，不及汪伦送我情。

此诗是李白于泾县（今安徽皖南地区）游历桃花潭时，写给当地好友汪伦的一首留别诗。诗的前两句描写的是送别的场面。“李白乘舟将欲行”是说诗人就要乘船离开桃花潭了。那种语言不假思索，顺口流出，表现出乘兴而来、兴尽而返的潇洒神态。“忽闻岸上踏歌声”中的“忽闻”二字表明汪伦的到来确实是不期而至的。人未到而声先闻，从那热情爽朗的歌声，李白就料到一定是汪伦赶来送行了。这样的送别侧面表现出李、汪二人同是不拘俗礼、快乐自由之人。诗的后半是抒情。第三句遥接起句，进一步说明放船地点在桃花潭，“深千尺”既描绘了潭的特点，又为结句预伏一笔。桃花潭水是那样的深湛，更触动了离人的情怀，难忘汪伦的深情厚谊，水深、情深自然地联系起来。结句迸出“不及汪伦送我情”，以比物手法形象性地表达了真挚纯洁的深情。

再来看看书中多次提到的王维的《九月九日忆山东兄弟》：

独在异乡为异客，每逢佳节倍思亲。
遥知兄弟登高处，遍插茱萸少一人。

王维家居蒲州，在华山之东，所以题称“忆山东兄弟”。写这首诗时，他大概正在长安谋取功名。繁华的帝都对当时热衷仕进的年轻士子虽有很大吸引力，但对一个少年游子来说，毕竟是举目无亲的“异乡”；而且越是繁华热闹，于茫茫人海中的游子就越显得孤孑无亲。对亲人的思念、对自己孤孑处境的感受，都凝聚在这个“独”字里面。“异乡为异客”，不过说他乡做客，但两个“异”字所造成的艺术效果，却比一般叙说他乡做客要强烈得多。在自然经济占主要地位的封建时代，不同地域之间的风土、人情、语言、生活习惯的差别很大，离开多年生活的故乡到异地去，会感到一切都是陌生而不习惯的，感到自己是漂浮在异地的一叶浮萍。“异乡”“异客”正是朴质而真切地道出了这种感受。作客他乡者的思乡怀亲之情在平日自然也是存在的，却不一定显露，可一旦遇到某种触媒，最常见的便是“佳节”，就很容易爆发出来，甚至一发而不可抑止。这就是所谓的“每逢佳节倍思亲”。这种体验可说是人人皆有，但在王维之前，却没有任何诗人用这样朴素无华而又高度概括性的诗句成功地表达出来。而一经诗人道出，它便成了最能表达客中思乡感情的格言式警句。

诗的后两句写出了节日里思念家乡、思念亲人的心情。重阳节有登高的风俗，登高时佩戴茱萸囊，据说可以避灾。茱萸，又名“越椒”，一种有香气的植物。三、四两句，若只是一般化地遥想兄弟如何在重阳日登高、佩戴茱萸，而自己独在异乡不能参与，虽也能写出佳节思亲之情，却会显得平直，缺乏新意与深情。而诗人遥想的却是：“遍插茱萸少一人。”意思是说，远在故乡的兄弟们今天登高时身上都佩上了茱萸，却发现少了一位兄弟——自己不在内。这里好像遗憾的不是自己未能和故乡的兄弟共度佳节，反倒是兄弟们佳节未能完全团聚；似乎自己独在异乡为异客的处境并不值得诉说，反倒是兄弟们的缺憾更须体贴。这就曲折有致，出乎常情。而这种出乎常情之处，也正是它的深厚处、新警处。

7. 驻守边塞、反对征讨的志士形象

边塞的风光是壮美的，边塞的人又是怎样的呢？我们就以两位边塞诗人王瀚和王昌龄为代表来说一说吧！

王瀚少年时豪健恃才，性格豪放，倜傥不羁，登进士第后，仍每日以饮酒为事。这种性格使得他仕途不得意，却有助于其成为一个名诗人。且看其代表作《凉州词》：

葡萄美酒夜光杯，欲饮琵琶马上催。
醉卧沙场君莫笑，古来征战几人回？

该诗描写了边塞将士们很难得的一次欢聚的酒宴，表现出了激昂兴奋的情绪、开怀痛饮一醉方休的场面，是边地荒凉的环境、紧张动荡的征戍生活的写照，具有浓郁的边地色彩和军营生活的风味。诗人以饱蘸激情的笔触，用铿锵激越的音调、奇丽耀眼的词语，定下开篇第一句“葡萄美酒夜光杯”，犹如突然间拉开帷幕，在人们的眼前展现出五光十色、琳琅满目、酒香四溢的盛大筵席。这景象使人惊喜，使人兴奋，为全诗的抒情创造了气氛，定下了基调。第二句开头的“欲饮”二字，渲染出这美酒佳肴盛宴不凡的魅力，表现出将士们豪爽开朗的性格。正在大家“欲饮”未得之时，乐队奏起了琵琶，酒宴开始了。那急促欢快的旋律像是在催促将士们举杯痛饮，使已经热烈的气氛顿时沸腾起来。

诗的三、四句是写筵席上的畅饮和劝酒。耳畔激荡着阵阵欢快、激越的琵琶声，将士们兴致飞扬，你斟我酌，一阵痛饮之后，便有了不小的醉意。也许有人想放杯了吧！这时，座中便有人高喊："怕什么，醉就醉吧！就是醉卧沙场，也请诸位莫笑！古来征战，生还者极少。我们在这里，也是早将生死置之度外了。""醉卧沙场"表现出来的不仅是豪放、开朗、兴奋的感情，还有将士们视死如归的勇气。这种貌似豪放旷达的胸怀后面，藏着军人们心灵深处的忧伤与幻灭，读来让人不禁伤感。

王昌龄也在他的《出塞》中表达了自己忠心报国、献身边塞之情：

秦时明月汉时关，万里长征人未还。
但使龙城飞将在，不教胡马度阴山。

诗的首句"秦时明月汉时关"七个字，展现出一幅壮阔的图画：一轮明月照耀着边疆关塞。诗人只用大笔勾勒，不做细致描绘，却恰好显示了边疆的寥廓和景物的萧条，渲染出孤寂、苍凉的气氛。尤为奇妙的是，诗人在"月"和"关"的前面，用"秦汉时"三字加以修饰，使这幅月临关塞图变成时光中的图画，给万里边关赋予了悠久的历史感。这是诗人对长期边塞战争做了深刻思考而产生的"神来之笔"！接着，诗人触景生情，写出次句"万里长征人未还"。这一句既叙事又抒情，在深沉的感叹中暗示当时边防多事，表现了诗人对于久戍士卒的深厚同情。而这一句又从空间的角度点明了边塞的遥远。如此，诗人便创造了时空交织的意象，把读者带到万里以外的边塞，沉浸在漫长的历史河流中，去回忆、体验、思考。这两句饱含了多少言外之意呵！秦汉时的边关，至今在月下依然如故，而战争则持续不断。已有多少士卒血洒沙场，至死未归；又有多少战士仍戍守边关，不能归来。诗人借助阔大、悠久的时空意象，表现了战争给秦汉以来历代人民带来的痛苦和灾难，立意既高，又看得深远，真可谓"发兴高远"。

既然战争造成了人民共同的悲剧，那么，怎样来制止、结束这个悲剧呢？诗人在三、四句做出了正确的回答。他为久戍的士卒发出呼吁，希望有像飞将军李广那样的名将来率领广大战士打败敌人，夺取胜利，使敌人从此不敢再来侵犯。"但使龙城飞将在，不教胡马度阴山"两句，融抒情与议论为一体，直接抒发了戍边战士巩固边防的愿望和保卫国家的壮志，洋溢着爱国激情和民族自豪感，写得气势豪迈、铿锵有力，掷地有声。同时，这两句又语带讽刺，表现了诗人对朝廷用人不当和将帅腐败无能的不满。一个誓守边疆，但又有着对朝廷的不满，反对征讨的志士形象也就跃然纸上了。

8. 情意绵绵的书生形象

唐诗除见证了当时世事的繁华与衰败，也可吟一曲风花雪月，说一段儿女情长，自然也孕育了情意绵绵的书生形象。如杜牧的这首《赠别》：

多情却似总无情，唯觉樽前笑不成。

蜡烛有心还惜别，替人垂泪到天明。

诗人同所爱不忍分别，又不得不分别，感情自是千头万绪。首句“多情却似总无情”，明明多情，偏从“无情”着笔，一个“总”字又加强了语气，带着浓厚的感情色彩。诗人爱得太深、太多情，以致他觉得无论用怎样的方法都不足以表现出内心的多情。别筵上，凄然相对，像是彼此无情似的。越是多情，越显得无情，这种情人离别时最真切的感受，被诗人写得淋漓尽致。“唯觉樽前笑不成”一句本是要写离别的悲苦，却又从“笑”字入手；一个“唯”字表明诗人是多么想举樽道别，强颜欢笑，使所爱欢欣，却因感伤离别，挤不出一丝笑容来。想笑是因为“多情”，“笑不成”是因为太多情，不忍离别而事与愿违。这种看似矛盾的情态描写，把诗人内心的真实感受说得委婉尽致，极有情味。

该诗题为“赠别”，当然是要表现惜别之情。然而，诗人又撇开自己，去写告别宴上那燃烧的蜡烛，借物抒情。诗人带着极度感伤的心情去看待周围的世界，于是眼中的一切也就都带上了感伤的色彩。“蜡烛”本是有烛芯的，所以说“蜡烛有心”；而在诗人眼里，烛芯却变成“惜别”之心。这里把蜡烛拟人化了，它那彻夜流溢的烛泪，就是在为男女主人的离别而伤心。“替人垂泪到天明”中的“替人”二字，使意思更深一层。“到天明”又点出了告别宴饮时间之长，这也是诗人不忍分离的一种表现。

诗人用精炼流畅、清爽俊逸的语言，表达了悱恻缠绵的情思，风流蕴藉，意境深远，余韵不尽。诗中两位依依惜别的多情人形象缠绵深挚，也是别有一番风神韵致。

到了宋朝，柳永的《雨霖铃》更是写尽与所爱女子离别时的无限忧伤和别后相思的绵绵情意，塑造了一个牵绊于儿女情长的艺术形象。

柳永是一个浪漫词人、一个江湖词人，也是一个与词共生的专业词人。他一生混迹于乐工歌伎间，这种生活决定了他将以毕生精力来写词。他的作品大都是在“偎红倚翠”的生活中“浅斟低唱”的产物，这是其词在题材内容上不同于前人的一个重要方面。他离乡背井，长期浪迹江湖，体尝到了生活中的种种苦况；又因此常常不得不与所恋之人离别，故所作多为怨苦凄悲之辞。《雨霖铃》便是他这方面的代表作：

寒蝉凄切，对长亭晚，骤雨初歇。都门帐饮无绪，留恋处，兰舟催发。执手相看泪眼，竟无语凝噎。念去去，千里烟波，暮霭沉沉楚天阔。

多情自古伤离别，更那堪，冷落清秋节！今宵酒醒何处？杨柳岸，晓风残月。此去经年，应是良辰好景虚设。便纵有千种风情，更与何人说？

此词上阕细致刻画了离别的场景，奠定了忧伤的感情基调，抒发了浓浓的离情别绪。开篇词人便点明了时节——

秋季，借蝉、长亭等事物给读者营造出一个送别的场景：傍晚时分，暴风骤雨刚刚散去，在京城外为你斟一杯酒，为你送行。望着酒杯，两个人许久说不出话来，但彼此内心的孤独与不舍是显而易见的。船夫不断地催促你赶紧上船。临行前，我紧紧地抓住你的手，望着你的双眸，眼泪止不住地流下来。那一刻，纵有千言万语，也敌不过两行热泪。想到你即将远行，千里迢迢，烟雾迷蒙，江上一片雾气，让我不禁为你担忧。

下阕着重描写想象中离别后的凄凉哀怨。自古以来，人们最害怕的就是分别，更何况在这萧瑟冷清的秋天。这样的季节叫人怎么不忧愁！我能怎么办？只有大醉一场，希望一切只是一场梦，但事实无法改变。酒醒后呢？我面对的是什么？恐怕只有杨柳岸边凄厉的风和无情的月吧！你这一去，我每天所面对的景和物即使再好，对我来说，也形同虚设。我所牵挂的只有你，没有你，便没有人和我一同欣赏美景了，我的心思也就没人明白了！

全词没有华丽的文字，只有平铺直叙，但词人用简洁的文字勾勒出了一幅送别图，情意绵绵的书生形象也是跃然纸上，感人至深。也因此，该词堪称是柳永词，乃至整个宋词的经典之作。

二、他人形象

诗人可以在诗歌中写自己，自然也可以写别人，就好像我们有些事情不好说的时候，就会说是听到的别人的故事，其实都是为了隐晦地表达某种情感罢了。所以，这里的“他人”指的就是诗人塑造的主人公形象。

1. 英雄的形象

既可以描写客观的人物形象，又可以塑造抒情主人公的形象。如卢纶的《塞下曲》：

林暗草惊风，将军夜引弓。
平明寻白羽，没在石棱中。

这首诗描写了一位将军的形象。诗中写将军夜猎，见丛林深处风吹草动，以为是虎，便弯弓猛射。天亮一看，箭竟然射进一块石头中去了。通过这一典型情节，表现了将军的勇武。诗的取材出自《史记·李将军列传》。据载，汉代名将李广猿臂善射，在任右北平太守时，就有这样一次富于戏剧性的经历：“广出猎，见草中石，以为虎而射之，中石没镞，视之石也。因复更射之，终不能复入石矣。”首句写将军夜猎场所是幽暗的深林；当时天色已晚，一阵阵疾风刮来，草木为之纷披。这不但交代了具体的时间、地点，而且制造了一种气氛。右北平是多虎地区，深山密林是百兽之王的猛虎藏身之所，而虎又多在黄昏夜分出山。

“林暗草惊风”，着一“惊”字，不仅令人联想到其中有虎，呼之欲出，渲染出一片紧张异常的气氛，而且也暗示将军是何等警惕，为下文“引弓”做了铺垫。次句即续写射，但不言“射”，而言“引弓”，这不仅是因为诗要押韵的缘故，而且因为“引”是“发”的准备动作，这样写能启示读者从中想象、体味将军临险是何等镇定自若、从容不迫。在一“惊”之后，将军随即搭箭开弓，动作敏捷有力而不仓皇，既具气势，形象也愈发鲜明。

后两句写“没石饮羽”的奇迹，把时间推迟到翌日清晨，将军搜寻猎物，发现中箭者并非猛虎，而是蹲石，令人读之，始而惊异，既而嗟叹，原来箭杆尾部装置着白色羽毛的箭，竟“没在石棱中”，入石三分。这样写不仅更为曲折，有时间、场景变化，而且富于戏剧性。“石棱”为石的突起部分，箭头要钻入殊不可想象。神话般的夸张为诗歌形象地涂上一层浪漫色彩，读来尤为尽情够味，只觉其妙，不以为非。

诗，最注重含蓄，最讲究意在言外。看到诗中“箭入石”的描写，我们会油然联想：如果射中的真是老虎将会怎样？如果在战场上射击敌军兵马呢？于是，一位武艺高强、英勇善战的将军形象，便盘马弯弓地巍然屹立在我们眼前了。

再如岳飞的《满江红》：

怒发冲冠，凭栏处，潇潇雨歇。抬望眼，仰天长啸，壮怀激烈。三十功名尘与土，八千里路云和月。莫等闲、白了少年头，空悲切。

靖康耻，犹未雪。臣子恨，何时灭！驾长车，踏破贺兰山缺。壮志饥餐胡虏肉，笑谈渴饮匈奴血。待从头、收拾旧山河，朝天阙。

岳飞此词激励着中华民族的爱国心，真实、充分地反映了诗人精忠报国、一腔热血的英雄气概。

上阕的意思是：我满腔热血、报国之情再也压制不住了，感到怒发冲冠，在庭院的栏杆边，望着潇潇秋雨下到停止。抬头远望，又对天长啸，急切盼望实现自己的志愿。三十多岁的人了，功名还未立，但我也不在乎，功名好比尘土一样，都是不足所求的。我渴望的是什么呢？渴望的是八千里路的征战，我要不停地去战斗，只要这征途上的白云和明月做伴侣。不能等了，让少年头轻易地变白了，到那时只空有悲愤。这一段表现了岳飞急于立功报国的宏愿。

下阕的意思是：靖康二年（1127 年）的国耻还没有洗雪，臣子的恨什么时候才能够消除呢？我要驾乘着战车踏破敌人的巢穴，肚子饿了，我要吃敌人的肉；口渴了，我要喝敌人的血。我有雄心壮志，我相信笑谈之间就可以做到这些。待到收复山河之际，再向朝廷报功吧！这一段表现了岳飞对“还我河山”的决心和信心。

这首词尽显了岳飞“精忠报国”的英雄之志，表现出一种浩然正气、英雄气概，表现了报国立功的信心和乐观主义精神。“壮志饥餐胡虏肉，笑谈渴饮匈奴血”“待从头、收拾旧山河”两句把收复山河的宏愿、征战的艰苦，以一种乐观主义精神表现出来。读了这首词，使人感到只有胸怀大志、思想高尚之人，才能写出如此感人的词句。这首词字里行间无不透出雄壮之气，充分表现了作者矢志抗金，执着地追求收复失地、报仇雪耻的壮志宏图，塑造了一位爱国主义的英雄将领的形象。

2. 美人的形象

除了指代恋人外，美人的形象一般作为比喻，或是比喻君王，或是自喻。如屈原的《离骚》中就有这样的名句：“日月忽其不淹兮，春与秋其代序。唯草木之零落兮，恐美人之迟暮。乘骐骥以驰骋兮，来吾道乎先路也。”看到草木凋零，自然联想到美人终有一天也会日渐衰老，美丽的青春就如同草木的荣衰一样，是人类倾尽所能，也无法遏制的事情。屈原借用花草、美人的不得已，感叹岁月无情、韶华易逝、人生短暂，本应把握住最好的时光成就一番伟业，可惜自己仕途坎坷，“众女嫉余之蛾眉兮，谣诼谓余以善淫”。诗人空怀一腔抱负，却没有机会施展，这是一位政治家对自己人生际遇的愤慨、对国家前途的忧虑。

再如曹植的《杂诗七首》之一：“南国有佳人，容华若桃李。朝游江北岸，夕宿潇湘沚。时俗薄朱颜，谁为发皓齿？俯仰岁将暮，荣耀难久恃。”在我国古典文学作品中，从屈原的辞赋开始，就形成了以“美人”“香草”比喻“贤能之士”的传统。这首诗是曹植后期所作，采用比喻手法，表现了其怀才不遇的苦闷。曹植不但文才很高，且具有政治抱负，希求建功立业、垂名青史。曹操一度想立曹植为太子，结果没有实现。曹操死后，他因此备受其兄曹丕（魏文帝）、侄子曹叡（魏明帝）的猜忌和压抑，屡徙封地，连生活都很不安定，根本谈不上实现政治抱负。这首诗以“佳人”自比：佳人的容貌艳若桃李之花，比喻自己才能的杰出；“时俗”二句，说佳人的美貌和歌唱才能都不为时人所赏识，比喻自己怀才不遇；“俯仰”二句，说时光流逝，佳人的容华难以久恃，寄寓了自己盛年时无法施展抱负的深沉慨叹。

白居易的《长恨歌》则直接塑造了一位倾国倾城的美人形象，是写美人诗篇中的集大成之作：

……

天生丽质难自弃，一朝选在君王侧。

回眸一笑百媚生，六宫粉黛无颜色。

……

后宫佳丽三千人，三千宠爱在一身。

……

归来池苑皆依旧，太液芙蓉未央柳。

芙蓉如面柳如眉，对此如何不泪垂？

……

楼阁玲珑五云起，其中绰约多仙子。

中有一人字太真，雪肤花貌参差是。

……

风吹仙袂飘飘举，犹似霓裳羽衣舞。

玉容寂寞泪阑干，梨花一枝春带雨。

……

中国有四大美人的传说，她们被后世艳羡、歌颂，皆因美貌。人们似乎并不在意其身上的悲剧色彩，她们虽处于不同的时代，却有着同样的经历，即无一不与帝王或当权者产生关联，继而又成为政治的工具。

溪边浣纱的西施本可以尽情地享受农家女孩无忧无虑的快乐，可一旦被越王相中，命运也就发生了变化。她本爱的是范蠡，却被送给夫差，成了勾践的复仇工具，当然也落下了一个为国献身的"好名声"。

昭君出塞，被视为汉元帝的英明之举，将这长江边生长的美人远嫁他乡，成为胡夷的妻妾，以女人的一生幸福换取边疆的和平，这至今还是被人们称道的美谈，只是她终究没能抵挡住强度阴山的"胡马"。

貂蝉被王允献给董卓，再去勾引吕布，周旋于这对"贼父子"之间，再也没了拜月的闲情，虽说是"为国诛贼"，名声不错，得益的恐怕也就只有曹操一人了。

再看"三千宠爱在一身"的杨玉环，作为红颜祸水的典型名垂青史。然而，她在被美化了的宫廷爱情悲剧《长恨歌》中，却是一个玲珑剔透、完美无缺、外在美和内在美兼具的艺术典型。"回眸一笑百媚生，六宫粉黛无颜色"写出了杨贵妃刚入宫时就征服了帝王的姿容；"春寒赐浴华清池，温泉水滑洗凝脂"写了杨贵妃如玉的肌肤，惹得皇帝专设御用温泉赐浴；"芙蓉如面柳如眉，对此如何不泪垂"展现的是贵妃死后，皇帝日夜思念其芙蓉般清新美丽的容颜；"玉容寂寞泪阑干，梨花一枝春带雨"则描绘了贵妃与皇帝在梦中相见，那垂泪的面庞就像一枝春雨润过的梨花，尽显楚楚动人又脱俗的美丽。此时的杨玉环是一个美丽善良、对爱情极为真挚忠诚的女性形象，已不再是历史上祸国殃民的后妃了。作者既写出了杨玉环外表的美丽，又显示了她的内心之美。她不愧为一个令人艳羡的如玉美人、爱情专一的楷模！

3. **游子的形象**

子曰："父母在，不远游。"但在古代，由于种种原因，远游的人有很多，尤其男子。有的作为普通百姓而服兵役、徭役，有的作为文人、士子而游学、游宦，有的作为商人不得不背井离乡，羁旅天涯，还有的因某种政治原因而不得不长年在外漂泊。古典诗词记录了他们远游人生的悲欢离合，也塑造了丰富多彩、栩栩如生的游子形象，并通过此形象描摹羁旅在外的乡思之情。如前文多次点评的王维的《九月九日忆山东兄弟》，以及元朝马致远的《天净沙·秋思》：

枯藤老树昏鸦，小桥流水人家，古道西风瘦马。夕阳西下，断肠人在天涯。

头两句就给人造成一种冷落暗淡的气氛，又显示出一种清新幽静的境界。这里的"枯藤""老树"给人以凄凉的感觉，"昏"点出时间已是傍晚，"小桥流水人家"使人感到幽雅闲致。十二个字刻画出一幅深秋僻静的村野图景。"古道西风瘦马"描绘了一幅秋风萧瑟、苍凉凄苦的意境，为僻静的村野图又增加了一层荒凉感。夕阳西下使这幅昏暗的画面有了几丝惨淡的光线，更加深了悲凉的气氛。诗人把十种平淡无奇的客观景物巧妙地连缀起来，通过“枯”“老”“昏”“古”“西”“瘦”六字，将诗人的无限愁思自然地寓于图景中。最后一句“断肠人在天涯”是点睛之笔：这时，在深秋村野图上出现了一位漂泊天涯的游子。在残阳夕照的荒凉古道上，他牵着一匹瘦马，迎着凄苦的秋风，信步漫游，愁肠绞断，却不知自己的归宿在何方，透露了诗人怀才不遇的悲凉情怀，恰当地迎合了主题。

这首小令仅五句二十八字，语言极为凝练，却容量巨大，寥寥数笔就勾画出一幅悲绪四溢的“游子思归图”，淋漓尽致地传达出漂泊羁旅的游子之情。这幅图画由两部分构成：一是由精心选取的几组能代表萧秋的景物组成一幅暮色苍茫的秋野图景；另一个则是抒写内心深处无尽伤痛，而独行寒秋的天涯游子剪影。

4. 宫女的形象

说起宫女，就不得不说宫怨诗。这类作品主要是通过塑造百无聊赖的宫女形象，来突出宫人之“怨”。如元稹的《行宫》：

寥落古行宫，宫花寂寞红。
白头宫女在，闲坐说玄宗。

这是一首抒发盛衰之感的诗。这首短小精悍的五绝具有深邃的意境，富有隽永的诗味，倾诉了宫女无穷的哀怨之情，寄托了诗人深沉的盛衰之感。

理解这首诗的关键在于末尾一句“闲坐说玄宗”。诗人前句已点明是“白头宫女”，时间、地点则是在荒凉冷寂的古行宫中，此时红花盛开，正是一年春好之时。从天宝至贞元，过了半个世纪左右，漫长的岁月、风雨的侵蚀，古行宫早已变得荒败不堪，而当年入宫的红颜少女也在寂寞孤独中苦熬了几十个春秋，如今已是白发苍颜了。她们的青春在此葬送，悲怨的泪水在此流淌，面对怒放的红花，她们不禁感叹嘘唏。透过纯朴的字面，我们分明听到了她们痛苦的心声。四句诗连用“寥落”“寂寞”“白头”“闲坐”，将行宫和宫女的过去与现在都写了出来，给人以深沉的历史沧桑之感。

再如王昌龄的《长信秋词五首·其一》:

金井梧桐秋叶黄，珠帘不卷夜来霜。
熏笼玉枕无颜色，卧听南宫清漏长。

这首宫怨诗，运用深婉含蓄的笔触，采取以景托情的手法，写了一个被剥夺了青春、自由和幸福的少女，在凄凉寂寞的深宫中形孤影单、卧听宫漏的情景。这是从这位少女悲惨的一生中剪取下来的一个不眠之夜。

在这个不眠之夜，诗中人忧思如潮、愁肠似结，满腔怨情该是倾吐不尽的。该诗只有四句，总计二十八字。照说，即便字字句句都写怨情，恐还不能写出其怨情的万分之一。

可是，作者竟不惜把前三句都用在写景上，只留最后一句写到人物，且就在这最后一句中也没有明写怨情。这样写，乍看像是离开了这首诗所要表现的主题，实则却在艺术效果上更显得有力，更深刻地表现了主题。这是因为前三句虽是写景，却并非为写景而写景，它们是为最后人物的出场而服务的。通篇看，四句诗是融合为一的整体，不论写景、写人，都是为托出怨情而服务的。全诗没有一个“怨”字，却处处有怨情。

再如朱庆馀的《宫词》：

寂寂花时闭院门，美人相并立琼轩。
含情欲说宫中事，鹦鹉前头不敢言。

在一般的宫怨诗，特别是以绝句体裁写就的宫怨诗里，大多只让一位女主角在极端孤独之中出场。这首诗却是两位女主角同时出场，相依相并，立于轩前。就在这样一幅动人的“双美图”中，诗人以别出心裁的构思，巧妙而曲折地托出了怨情，点出了题旨。

诗从写景入手。首句“寂寂花时闭院门”，既是以景衬情，又是景中见情。就以景衬情而言，它是以春花盛开之景从反面来衬托这首诗所要表达的美人幽怨之情，从而收到王夫之在《诗绎》中所说的“以乐景写哀”“倍增其哀”的艺术效果；就景中见情而言，它虽写的是“花时”，却在重门深闭的环境之中，给人以“寂寂”之感，从而在这句诗中把哀情注入乐景，对景中人的处境和心情已经做了暗示。如此，在第二句中把两位主角引进场时，只要展示一幅“美人相并立琼轩”的画面，而不必再费笔墨去写她们被关闭在深宫中的凄凉处境和寂寞愁苦的心情了。

看了上半首诗，读者也许会猜测：诗人之所以使双美并立，大概是要让她们互吐衷曲，从她们口中诉出怨情吧！可是，接着看下去，诗人并没有让这两位女主角开口。读者从“含情欲说宫中事”一句看到的只是一个含情不吐、欲说还休的场面。而且，所含之情是什么情、欲说之事是什么事，也没有去点破。读者也许还会猜测：既然“含情”，既然“欲言”，大概最后总要让她们尽情一吐、畅所欲言吧！可是，读到终篇，看了“鹦鹉前头不敢言”一句，才知道原来这幅“双美图”始终是一幅无声的画，而这两位画中人之始而欲言、终于无言，既不是因为感情微妙到难以言传，也不是因为事情隐秘到羞于出口，只是有所畏忌，而“不敢言”。那么，其所含之情自是怨情，欲言之事绝非乐事，就不言而喻了。

诗人留给读者自己去想象的还不止以上这些。这首诗还有一个言外不尽之意。它最后说两位美人之“不敢言”，是因为在“鹦鹉前头”。众所周知，鹦鹉虽会学舌，却并不会告密，有什么可怕的？这是一个托词。从这一托词，读者自会看到，在这幅以“花时”“琼轩”“美人”“鹦鹉”组成的风光旖旎的画图背后，却是一个罗网密布的恐怖世界，生活其间的宫人不但被夺去了青春和幸福，连说话的自由也没有。

这首别开生面的宫怨诗表达的正是这样一个重大主题，揭露的正是这样一幕人间悲剧。

5. **思妇的形象**

古诗里有很大一部分作品是思妇之诗，主要描写思念丈夫的少妇形象，这类诗歌中思妇思念的对象或是为博取功名而远游，或是为征战而远征等。如前文多次点评的王昌龄的《闺怨》：

闺中少妇不知愁，春日凝妆上翠楼。
忽见陌头杨柳色，悔教夫婿觅封侯。

该诗属于第一种情况。题称“闺怨”，开头却说“闺中少妇不知愁”，似故意违反题面。其实，作者这样写正是为了表现这位闺中少妇从“不知愁”到“悔”的心理变化过程。丈夫从军远征，离别经年，照说应该有愁。之所以“不知愁”，除了这位女主人公正当青春年少，还没有经历多少生活波折，和家境比较优裕（从下句“凝妆上翠楼”可以看出）之外，根本原因还在于那个时代的风气。在当时“觅封侯”的风尚影响下，“觅封侯”者和他的“闺中少妇”对这条生活道路是充满浪漫主义幻想的。从末句“悔教”二字看，这位少妇当初甚至还可能对她的夫婿“觅封侯”的行动起过一点推波助澜的作用。一个对生活、对前途充满乐观展望的少妇，在一段时间“不知愁”是完全合乎情理的。至此，一个从“不知愁”到“悔”的思妇形象便呈现在了读者的眼前。

再如李白的《子夜吴歌·秋歌》:

长安一片月，万户捣衣声。
秋风吹不尽，总是玉关情。
何日平胡虏，良人罢远征。

这首诗属于第二种情况。全诗写征夫之妻秋夜怀思远征边陲的良人，希望战争早日结束，丈夫免于离家远征。

开篇四句情景交融，浑成自然。秋凉之夜、月华辉洒、砧声阵阵、寒风习习，真是一幅充满秋意的绝妙图景。前三句分写秋月、秋声和秋风，从视觉到听觉，再到触觉，都在为第四句的"情"做铺垫：月光是引发相思之情的媒介；捣衣声说明妇女们正在为戍边亲人做赶制征衣的准备（古时裁衣前必先将布帛捣平捣软），其本身就包含着深厚的关切、思念之情；而秋风则最易勾起人的情思和愁绪。

对饱经离别之苦的人来说，这三者有一于此，便难以忍受了，何况它们全都聚集在一起！更何况在月白风清的夜晚，整个长安城都响彻着那令人心碎的"万户"捣衣之声。这种时刻，有谁能不为这凄凉而又热烈的气氛所感染？"总是玉关情"一语做结，力抵千钧。这一句是闺妇的期待，也是征人的心声，读来让人怦然心动。

6. **隐士的形象**

隐士是中国古代诗歌中的重要形象，历朝历代的文学作品中都有形象各异的隐士出现。如我们熟悉的陶渊明、王维等人。此类诗歌中多描绘隐居田园的人物形象，体现对田园生活的向往。如贾岛的《寻隐者不遇》：

松下问童子，言师采药去。
只在此山中，云深不知处。

此诗首句写寻者问童子，后三句都是童子的答话。诗人采用寓问于答的手法，把寻访不遇的焦急心情描绘得淋漓尽致。

诗中以白云比隐者的高洁，以苍松喻隐者的风骨，写寻访不遇，愈衬出寻者对隐者的钦慕高仰之情。全诗遣词通俗清丽、言繁笔简、情深意切、白描无华，是一篇难得的言简意丰之作。

诗中隐者从采药为生，济世活人，是一个真隐士。所以，贾岛对他有高山仰止的钦慕之情。诗中白云显其高洁，苍松赞其风骨，写景中也含有比兴之义。唯其如此，钦慕而不遇就更突出其怅惘之情了。另外，作者作为一个封建社会的知识分子，离开繁华的都市，跑到这超尘绝俗的青松白云之间来“寻隐者”，其原因也是耐人寻味、引人遐想的。

再如李白的《寻雍尊师隐居》：

群峭碧摩天，逍遥不记年。
拨云寻古道，倚石听流泉。

花暖青牛卧，松高白鹤眠。

语来江色暮，独自下寒烟。

通过山村清幽明丽的景色描写，我们也窥见了诗人闲适超逸的隐者形象。

“群峭碧摩天”是从大处落笔，起势不凡。“峭”壮群峰之势，“碧”绘其色，补以“摩天”二字，壮观的景象全出。这是写雍尊师隐居所在。下句“逍遥”二字赞美雍尊师超尘拔俗的人生态度；“不记年”则为补足“逍遥”之意，远离尘嚣，连岁月的流逝都不屑去计算了。上句写景，下句写人，写景也为写人，人景浑然一体，显得崇高、挺拔、永恒。

“拨云寻古道，倚石听流泉”则紧扣诗题，着意写“寻”。“拨”与“寻”二字绝妙，生动再现了寻者攀登的举止和情态。诗人穿过雾隐云横的丹岩翠壁奋力攀登之后，斜靠在长藤古树之上，一览众山景色，倾听流泉欢歌。上句从视觉着笔，写行寻的艰难和乐趣；下句则从听觉落墨，流泉叮咚，沁心悦耳。

“花暖青牛卧，松高白鹤眠”以五彩交辉的浓笔，静中有动、动中有静地描绘了雍尊师居所优美、静谧、仙境般的环境。用青牛、白鹤来点缀隐居处，又用花和松做烘托，“卧”“眠”二字使清幽、安谧、静美的境界活脱而出。

“语来江色暮，独自下寒烟”以素冷的色调，泼墨挥洒出一幅清幽隽永的画面。上句“语来”二字，省去了诗人与雍尊师高谈阔论的细节，但可以想象他们的感情之融洽、谈吐之投机。开怀畅饮，不觉已是黄昏，只好分手。诗人独自从寒烟笼罩的摩天碧峰上走下来。“下”字不仅与首句呼应，还别有情趣，与“暮”“独”“寒”三字在一联中连用，使人顿生寒气扑面而至之感。

此诗通过作者入山造访之所见所感，浓墨重彩地描绘了深山幽谷的瑰丽景物。首联点明雍尊师所居之处高远非凡，处林泉伴日月，遗世独居，自在逍遥；颔联写林壑幽深，寻访不易，以加浓气氛；颈联使用道家典故，以“青牛卧”“白鹤眠”颂扬雍尊师道行高深，境界非凡；尾联写诗人在暮色苍茫，寒烟四合中独上归程。诗的境界清澄透明、玲珑剔透，恰似一泓秋水，其中洋溢着浓郁的生活气息，于诗情画意中寄托着诗人的高洁情怀和对理想生活的执着追求。

7. 征人的形象

这类形象多在边塞诗中出现，有写慷慨激昂的，也有写怨恨不平、反战思归的。如唐代柳中庸的《征人怨》：

岁岁金河复玉关，朝朝马策与刀环。
三春白雪归青冢，万里黄河绕黑山。

这是一首传诵极广的边塞诗。前两句记事，说的是年复一年，东西奔波，往来边城；日复一日，跃马横刀，征战不休。从“岁岁”说到“朝朝”，似乎已经把话说尽。然而，对于满怀怨情的征人来说，这只是说着了一面。他不仅从那无休止的时间中感到怨苦无时不在，还从即目所见的景象中感到怨苦无处不有，于是又有了三、四句。时届暮春，在苦寒的塞外却“春色未曾看”，所见者唯有白雪落向青冢而已。肃杀如此，怎不令人凄绝？末句写边塞的山川形势：滔滔黄河，绕过沉沉黑山，复又奔腾向前。这两句写景，似与诗题无关，其实都是征人常见之景、常履之地，因而从白雪青冢与黄河黑山这两幅图画里，我们不仅看到征戍之地的寒苦与荒凉，也可以感受到征人转战跋涉的辛苦。诗虽不直接发为怨语，而蕴蓄于其中的怨恨之情足以使人回肠荡气。

再如李白的《关山月》：

明月出天山，苍茫云海间。
长风几万里，吹度玉门关。
汉下白登道，胡窥青海湾。
由来征战地，不见有人还。
戍客望边邑，思归多苦颜。
高楼当此夜，叹息未应闲。

这首诗描绘了边塞的风光、戍卒的遭遇，更深一层转入戍卒与思妇两地相思的痛苦。

开头四句，可以说是一幅饱含着“关”“山”“月”三种因素在内的辽阔的边塞图景。征人戍守在天山之西，回首东望，所看到的是明月从天山升起的景象。天山虽然不靠海，但横亘在山上的云海则是有的。诗人把似乎是在人们印象中只有大海上空才常见的云月苍茫的景象，与雄浑磅礴的天山组合到一起，显得新鲜而壮观。

“汉下白登道，胡窥青海湾。由来征战地，不见有人还。”这四句是在前面广阔的边塞自然图景上，叠印出征战的景象。汉高祖刘邦曾被匈奴在白登山围困了七天，而青海湾一带，则是唐军与吐蕃连年征战之地。这种历代无休止的战争使得出征的战士，少有能生还返回故乡的。这四句在结构上起着承上启下的作用，描写的对象由边塞过渡到战争，由战争过渡到征戍者。

“戍客望边邑，思归多苦颜。高楼当此夜，叹息未应闲”，是说战士们望着边地的景象，思念家乡，脸上多现出愁苦的颜色。他们推想自家高楼上的妻子在此苍茫月夜，叹息之声当是不会停止的。“望边色”三字在李白笔下似乎只是漫不经心地写出，却把以上那幅万里边塞图和征战的景象，跟“戍客”紧紧联系起来。所见的景象如此，所思亦是广阔而邈远的。战士们想象中的高楼思妇的情思和他们的叹息，在那样一个广阔背景的衬托下，也就显得格外深沉了。

全诗由景到情，情景交融，层层递进，不仅从另一侧面烘托出征人的深沉叹息，而且在遥遥呼应明月之夜与万里长风中，把诗的意境开拓得更为宏阔，因而使得诗情更能感动人心，诗意也更深沉悠远。纵观全诗，气势豪迈，笔力雄浑，意境深远。

8. 悲士的形象

此类诗作多是抒发功业难成，报国无门的感慨。如李贺的《南园·其五》:

男儿何不带吴钩，收取关山五十州。

请君暂上凌烟阁，若个书生万户侯？

这首诗写出了一位渴望投笔从戎、削平藩镇、为国建功，但又不被赏识的悲士形象。

诗歌的第一个设问是泛问，也是自问，含有“国家兴亡，匹夫有责”的豪情。“男儿何不带吴钩”，起句峻急，紧连次句“收取关山五十州”，犹如悬流飞瀑，从高处跌落而下，显得气势磅礴。“带吴钩”指从军的行动，身佩军刀，奔赴疆场，那气概多么豪迈！“收复关山”是从军的目的，山河破碎，民不聊生，诗人怎甘蛰居乡间无所作为呢？因而他向往建功立业，报效国家。

第一、二两句，十四字一气呵成，节奏明快，与诗人那昂扬的意绪和紧迫的心情十分契合。首句“何不”二字极富表现力，不只构成了特定句式（疑问），而且强调了反诘的语气，增强了诗句传情达意的力量。诗人面对烽火连天、战乱不已的局面，焦急万分，恨不得立即身佩宝刀，奔赴沙场，保卫家邦。“何不”云云，反躬自问，有势在必行之意，又暗示出危急的军情和诗人焦虑不安的心境。此外，它还使人感受到诗人那郁积已久的愤懑情怀。

李贺是个书生，早就诗名远扬，本可以才学入仕，但这条晋身之路被“避父讳”这一封建礼教无情地堵死了，使他没有机会施展自己的才能。“何不”一语，尽诉无奈之情。次句一个“取”字举重若轻，有破竹之势，生动地表达了诗人急切的救国心愿。然而“收取关山五十州”谈何容易？书生意气自然成就不了收复关山的大业，而要想摆脱眼前悲凉的处境，又非经历戎马生涯，杀敌建功不可。这一矛盾，突出表现了诗人愤激不平之情。

“请君暂上凌烟阁，若个书生万户侯？”诗人问道：封侯拜相，绘像凌烟阁的，哪有一个是书生出身？这里，诗人又不用陈述句，而用设问句，牢骚的意味更加浓郁。看起来，他是从反面衬托投笔从戎的必要性，实际上是进一步抒发了怀才不遇的愤激情怀。由昂扬激越转入沉郁哀怨，既见出反衬的笔法，又见出起伏的节奏，峻急中做回荡之姿。

再如柳宗元的《中夜起望西园值月上》：

觉闻繁露坠，开户临西园。
寒月上东岭，泠泠疏竹根。
石泉远逾响，山鸟时一喧。
倚楹遂至旦，寂寞将何言。

这首五言古诗作于诗人贬谪永州之时。元和五年（810年）是柳宗元被贬永州的第六个年头。他在潇水西冉溪畔购得一地，经过疏泉穿池，构亭筑屋，终于与农圃为邻住了下来，还自己经营了菜园，“甘为永州民”，并与一位身份较低的女子结合，生了女儿。《中夜起望西园值月上》当写于该时期。西园，位于柳宗元永州愚溪住宅以西。

这是一个深秋的夜晚。永州的深秋本来气候宜人，但身处异乡的柳宗元却感到寒气阵阵。是夜，梦醒时分，四野万籁无声，窗外亮如白昼，适才的梦境历历在目。他辗转反侧，再也无法入眠，百无聊赖中，连露水滴落的细微声音也听到了。露水下降，本是不易觉察到的，这里用“闻”是有意把细腻的感觉显现出来。于是，他干脆起床，“开户临西园”。来到西园，只见：一轮寒月从东岭升起，清凉月色，照射疏竹，仿佛听到一泓流水穿过竹根，发出泠泠的声响。“泠泠”二字用得极妙。“月”上用一个“寒”字来形容，与下句的“泠泠”相联系，又与首句的“繁露坠”有关。露重月光寒，夜已深沉，潇潇疏竹、泠泠水声，点染出一种幽清的意境，令人有夜凉如水之感。在这极为静谧的中夜，侧耳细听，听得远处传来从石上流出的泉水声，似乎这泉声愈远而愈响，山上的鸟儿有时打破岑寂，偶尔鸣叫一声。

“石泉远逾响”，看来难以理解，然而这个“逾”字，却更能显出四野的空旷和寂静。山鸟时而一鸣，固然也反衬出夜的静谧，同时也表明月色的皎洁，竟使山鸟误以为天明而鸣叫。“泉响”“鸟喧”采用可通感的手法，从听觉角度来表达。“露”“月”“泉”“鸟”这四种意象相互融合，以动衬静，突显了诗人被贬谪后所处环境的空旷寂寞。面对这幅空旷寂寞的景象，诗人斜倚着柱子，观看、谛听，直到天明。诗人“倚楹至旦”的沉思苦闷形象，发人深思。他在这样清绝的景色中沉思至天边破晓。“寂寞将何言”一句可谓此时无言胜有言。“寂寞”两字透出心迹，他感到自己复杂的情怀无法用言语来表达。

至此，一位谪居僻远之地、孤独愁苦、情怀无人理解的凄清寂寞形象，站在了读者的面前。

9. **劳苦大众的形象**

此类诗作多是塑造生活艰辛的底层劳动人民形象，借以表达作者对普通劳苦大众的深切同情，以及对统治阶层的不满。比如唐代诗人李绅写的两首《悯农》，其中的“锄禾日当午，汗滴禾下土。谁知盘中餐，粒粒皆辛苦”就描绘了在烈日当空的正午，农民依然在田里劳作，那一滴滴的汗珠洒在灼热的土地上。“谁知盘中餐，粒粒皆辛苦”不是空洞的说教，不是无病的呻吟；它近似蕴意深远的格言，但又不仅以其说服力取胜，还由于在这一深沉的慨叹之中，表达了诗人对广大农民面朝黄土背朝天的辛勤劳动的同情和关切。

还有范仲淹的五言绝句《江上渔者》：

江上往来人，但爱鲈鱼美。
君看一叶舟，出没风波里。

该诗首句描写了松江边游人如织。人们在欣赏美景的同时，听说这里产的“鲈鱼”味道极其鲜美，都很喜欢，遂争相购买，一饱口福。紧接着引出后两句，跟前两句形成对照。有钱人可以欣赏美景，品尝美味的鲈鱼。可你是否知道，渔民们要撑着小渔船在风大浪高的江面上，冒着生命危险去打鱼？游人知道鲈鱼味道的鲜美，争相购买，难道渔民们就不知道吗？他们冒着危险去江中打鱼，自己却舍不得吃上一条，都卖给了别人，还不是为了换取钱财，维持一家老小的生活？

北宋时期，还有一位著名的现实主义诗人梅尧臣，在他的五言绝句《陶者》中，有过这样的描述：“陶尽门前土，屋上无片瓦。十指不沾泥，鳞鳞居大厦。”诗词表达了作者对烧制陶器的工人的深深同情；同时也对当时不劳而获的贵族们进行了无情的鞭挞。梅尧臣以前，唐人已经写了大量反映社会不平的诗作，对象大多是耕织的农民，梅尧臣的这首诗换了个角度，写的是手工业者，同样是最普通的劳苦大众。

后来，宋代另一位不出名的诗人张俞，也写了一首五言绝句《蚕妇》：“昨日入城市，归来泪满巾。遍身罗绮者，不是养蚕人。”诗的前两句写蚕妇进城卖丝引起的伤感。通过蚕妇“入城市”“泪满巾”的描写，形象地揭示了封建社会尖锐的阶级矛盾和阶级对立。“泪满巾”可以看出蚕妇感情刺激之深，尤其一个“满”字表现了泪水之多、伤感之重。至于蚕妇为什么入城，是去卖蚕茧或卖自己缫的丝，还是做其他事，这前两句则给人留下了悬念，引人深思。而后两句则是对前两句的解释。那些“遍身罗绮者”穿着十分华丽的丝绸衣服，却并非是自己养蚕做成，没有一个是像她这样辛辛苦苦养蚕的人，因此泪流满面。

除以上这些之外，还有很多，因并不是很常见，就不在此一一列举了。

结语

不知不觉，本书已接近尾声。在整理书稿的过程中，我对古诗词的理解也更加全面、深入。古典诗歌本就是中华文化中最具价值的财富，以我的浅薄认知，尤其是以“法事情人”阅读法进行解读，似乎还是过于拙笨了。但正如我在之前说过的，本书的目的只是为了帮助读者能够对一首诗歌从这四方面进行完整的解读罢了，不足之处，还望海涵。

另外，在整理的过程中，我也借鉴了网上的一些资料，因比较琐碎，也就没有一一列出出处，如有读者看到后认为不妥，可以直接和我取得联系，我会及时做出纠正。